TO

一曲処方します。

～長閑春彦の謎解きカルテ～

沢木 褄

TO文庫

目次

一曲処方します。

～長閑春彦の謎解きカルテ～

SONG 1

【紀尾井町の地名の由来……江戸初期、この界隈には大名屋敷が多く存在した。特に紀伊和歌山藩、尾張名古屋藩、近江彦根藩井伊家といった徳川幕府の中でも有力な大名の邸宅があった。その頭文字を取り、紀尾井町と名付ける】

宮島満希《みやじまみつき》は数学の時間に地名の由来をスマホで調べていた。満希は東京の四ッ谷駅近く、紀尾井町の都立高校に通っている。焦茶色の髪をポニーテールにした少女は、大きな二重の目を眇《すが》め、眉間にシワを寄せている。

彼女は学校の授業ほど、退屈なものはないと考えていた。

四十人ほどの若い男女が揃いも揃って前を向き、教壇に立つ成人男性の異国語みたいな話を聞いている。教室の一番後ろ、窓側に座る満希にとって、この光景は異様に見える。人間じゃない。草だ。風が吹けばその通りになびく、浅はかな雑草だ。

退屈で、スマホをいじった。身近なことを調べたらワクワクするようなことが発見できるかと思ったけど、さほど面白いことはない。

「宮島さん、スマホをしまいなさい。校則違反ですよ」

教師は九官鳥みたいに言った。人間がしゃべった言葉を、ただ真似しているかのようだ。学校には熱がない。

満希はムッとしながらスマホを机の中にしまう。

だったらもっと面白い話をして。先生、教科書ばかり見てないでさ。学校の授業はつまらない。自分が勉強についていけないからじゃない。読めば分かることしか、教師が言わないからだ。

「ねぇ満希、放課後アトレのスタバ行かない？」

クラスメイトが話しかけて来たが、満希は首を振る。

「今日はママが早く帰って来るから」

「だから、何？」と友達は言ったが、満希はもう話を聞いていない。

窓ガラス越しに空を見る。狭い格子に押し込められた空は、いつも灰色に曇っている。


満希の家は四ツ谷駅から総武線で二分、市ヶ谷駅にある。黄色いラインの電車の中からは、旧江戸城のお堀と、高層ビルが一様に視界に入る、新旧が入り混じっている街だ。

駅から徒歩五分。５ＬＤＫ、バルコニー付きの高層マンションに帰ると、母親はキッチンで料理をしていた。満希はそれを見つけて、軽快に靴を脱いだ。

「ただいまー！　今日の夕飯何？」

「今日はトマトとアサリのペンネ、生ハムのサラダに栗カボチャのスープよ」

白いレースの襟シャツにロングスカートを履いた満希の母、宮島美智子《みやじまみちこ》はおっとりと微笑む。

「おいしそう！」

「すぐできるから待っててね」

満希はキッチンと対面式のリビングにあるテーブルに座り、母親を眺める。一つ一つの動作が優雅だ。母は今年で四十八歳になるはずだが、そうは見えないくらい若々しい。長い黒髪を後頭部でお団子に束ね、きっちり整えている。

「今日のお稽古はどうだった？」

「みなさん上達してるわ。そうそう、最近満希くらいの若い子も入ったのよ」

母は神楽坂で日本舞踊の師範をしている。

「へぇ。物好きな人もいるんだね。私は全然興味ないけど」

「満希もやってみたら良いのに。特別に無料で教えてあげるわよ」

「結構ですー」

口を尖らせると、母は口を押えて笑う。元気そうだ、と満希は思ってホッとする。

「ねぇママ、私ね……」

言いかけた直後、突然、視界から母が消えた。

驚いてキッチンに回ると、母はお玉を持ちながら、胃の辺りを押えてしゃがみ込んでいる。

「今度こそお医者さんに行ってよ」

満希は慣れた手つきで母の背中をさする。

「次に体調悪くなったら行くって、約束だったよね」

母は苦しそうな顔で、弱々しく微笑んだ。母の原因不明の胃痛は三年ほど前から始まった。単身赴任から父親が帰って来てからだ。様々な病院に行ったが、どんな薬をもらっても症状が良くなることはなかった。もしかして大きな病気なのではと心配になって、精密検査も受けてもらったけど、原因は見つからなかった。内臓が悪くて胃痛が起こるわけじゃないのだ。

「パパと別れなよ」と喉まで出かかって、止めた。諸悪の根源は勘違い亭主関白男の父親だが、母は父と別れる気はないらしい。

けど、じゃあ、いつまでつらそうな姿を見なければならないんだろうと憂鬱になる。いつも朗らかに笑っている母に戻ってほしい。

「お医者さん、行くわよ。音楽で人の心を癒してくれる病院らしいわ」

突然、母は言った。

音楽で人の心を癒す？　音楽で治るくらいなら、誰も苦労しないんじゃ……。

「な、なんかうさん臭くない？　そんな所じゃなくて、普通の診療内科とか……」

満希が言い終わる前に、玄関の扉が開く音が。

「帰ったぞ‼　……何だ⁉　俺が帰って来たのに、出迎えもなしか⁉」

「はいはい、あなた、今行きますよ」

満希は思い切り舌打ちしたが、母は腰を曲げながら玄関へと向かった。父親の帰宅はいつになっても気分が悪い。

「どうして別れないの……」

母は自活もできているのに。

満希は父親がリビングに入って来ると、すれ違い様に自分の部屋へ逃げ込んだ。

紀尾井町には真田堀という広大な土手がある。

真下には道路を挟んで隣接する上智大学のグラウンドが広がっていた。土手の通り自体は誰でも通行可能で、桜の季節などは大勢の見物客でにぎわう。

満希はその土手から、千代田区の街を一望していた。

平日の十二時。新宿通りの繁華街を制服姿でいるのは目立つが、ここは人気も少なく、よしんばお堅い人に見られたとしても「高校生が大学の見学に来ている」ようにも見える。授業をサボるのには格好の場所だ。

何より、落ち着く。

歴史の息吹を感じるのだ。真田堀は元々、江戸城外堀の一画だった。紀尾井町の名前の由来となった大名屋敷は跡形もなく消え、今となってはその証しが高層ビルの間にちょこんと石碑があるだけだが、ここは違う。何百年も昔から、壮大な姿を維持している。江戸時代でも、この土手に立って景色を眺めた人もいるはずだ。

そう思うと、満希は自分が大きな歴史の一部分になっているような、滔々と続く歴史の流れの中にしっかりと存在しているような、爽快な気持ちになる。学校という小さな箱庭に閉じ込められている時の鬱屈した気分とは大違い。

急斜面の土手に鬱蒼と茂る雑草の匂いが、歴史の匂いにすら思える。

だからここの場所は好き。ちっぽけじゃなくて。

今の自分は空っぽだ。大好きな母と大嫌いな父がいて、空虚な学校があって……。だけど、そんな陳腐な場所から飛び出して行けるほど、夢とか、情熱もない
満希は溜息を吐く。

土手のグラウンドで練習をしている大学の野球サークルを見ながら、何とはなしに歩いていると、前方で男性がぼーっと練習を見ていた。

ストライプのワイシャツに白衣。黒髪で背の高さは百七十センチくらいだろうか、体型はやや細身だが、平均的な背格好だろう。『ウォーリーをさがせ！』の世界にいて、この人を探せと言われたら一生かかっても見つけられないような、印象の残らない姿形の男性だった。

だが、満希は一瞬でその男性に目を惹かれた。

その表情は「気の抜けた」ものだったが、瞳が耀いている。

——自分と同じ、何かを探し求めている目だった。

上智大学の理系院生だろうか？　幼さの残る顔に、サラリーマンのようなオールバックの

髪型が全くそぐわない。そんなことを思いながら、満希はその後ろを通り過ぎようとした。

「きらきら星……」

不意に男が呟く。

「え？」

満希は振り返った。

男は「しまった」というような顔をした。「すみません、君の……」

男は二重の目をパチパチさせ、はにかんでいる。

「君の心のメロディが、聞こえてきて……」

満希がポカンとしていると、男は足を一歩進めた。

「もしかして君」

反射的に、満希は一歩退く。

「何か悩みでも……？」

男はさも人の良さそうな笑みを浮かべる。

途端、満希は逃げた。超逃げた。

真田堀を下りて四ッ谷駅の真向いにある交差点まで走り抜け、そして息を整えた。

「あの人……何なの？　怖っ!!」

きらきら星が自分の心のメロディだとか、なんとか。そう言ってから「悩みがあるんですか？」

意味が分からない。

そう言えば、大学には「ボランティア活動を装った、怪しげな宗教団体が存在する」と聞いたことがあった。そういう人たちは天使のような善人面をして、巧みな勧誘をするという。

満希はうまく逃げ切れたことに、肩を撫で下ろした。


「もう四時限目も終わってお昼なんだけど。お弁当だけ食べに来たの？」

高校の教室に駆け込んだ満希に、不満そうな友人二人が近づいて来る。ショートカットの楢原晴美《ならはらはるみ》とロングヘアーの佐々木原維《ささきはらゆい》。小言を言ったのは晴美だ。

「何でこんな奴に限って成績良いんだろう。神様って不公平だよね」

晴美が維に話しかけると、維はどこかおどおどして返す。

「だ、だから遅刻しても満希ちゃんは怒られないもんね。羨ましいなぁ……。私身体弱いから、遅刻ばっかりで、先生たちも呆れてるみたいだし」

「維こそ堂々と遅刻すべきだよ」

満希はカバンから赤い花柄のお弁当箱を取り出す。

「なんかやましいことあるんじゃないのかって、先生から疑われないように」

「アンタはもっと恐縮しなさいよ！」

晴美は幼稚園からなんとなくつるんでいる友人。面倒見が良くて気の置けないやつだけど、こういう型に嵌ったことばかり言うところには辟易してしまう。プチ先生だ。親切な九官鳥だ。

「どこでサボってたの？」

「江戸時代」

「は？」

満希は母の手作り弁当のフタを開ける。チキンの香草焼きにフルーツトマトのマリネ。ブロッコリーとエビのにんにくオイル炒め。

「いつも凝ってるね」と維がどこか弱々しくお弁当を見る。凝ってるかな、普通だと思うけど。

「そんなことよりさ、今日の放課後はしんみちのカラオケ行こうよ！」

満希はお弁当をむしゃむしゃ食べながら言った。

『しんみち』は『しんみち通り』のこと。四ツ谷駅の近くにあり、新宿通りと並走する短い商店街だ。雑然としていて、飲み屋や老舗の洋食屋と共に、カラオケ屋がある。

「えぇっ？　来週から中間試験なのに？」

晴美は目を丸くする。

「まだ一週間あるでしょ」

「……そりゃ満希は余裕だろうけど。私はパス」

「今日、行きたい気分なのにぃ」

「じゃあさ、田中くん誘えばいいじゃん」

晴美はニヤッとするが、満希は反対に、ムッとして口を噤《つぐ》んだ。

「アイツとは、別れるし」

田中、その名前を聞いただけでも胃酸が喉元まで逆流してきそう。

「付き合って半年も経ってないのに？」

「三カ月。でももうダメ。アイツ私以外に二人女いんの。三股かけてたんだよ!?　最悪じゃない？」

「そうなんだ、田中くん、意外とモテるんだ……」

維が苦笑すると、満希は更にムッとする。「意外と」と言われるほど、田中の見た目は大したことないだろうか？　松潤の次くらいにカッコイイと思ってるんだけど。

「あとはチャライって言うか、頭悪そう」

晴美は笑う。

「それは優しさと紙一重なの！」

「……別れるんでしょ？　急に庇い出さないでよ……」

「わ、別れるよ」

満希はケチャップ風味のご飯を口にかき込んで、お弁当箱のフタを荒々しく閉じた。あーつまらない、つまらないつまらない。イライラするイライラする。

母は子供じみた暴君父のご機嫌伺いばっかり。友達はお行儀の良いことしか言わないし、学校なんて鶏舎で鶏を育てるくらいの教育しかしないし、彼氏には浮気されるし……今日なんかは、憩いの場である真田堀で変な人に変な勧誘されるし！

　何一つ思い通りにならない！

　友達からカラオケの誘いも断られ、渋々寄り道せずに帰宅した満希。

　玄関を開けて、様子がおかしいことに気づいた。リビングの方から大音量の音楽が流れている。

　三味線やお琴が奏でられていてもおかしくはない。母が舞踊の練習をしている時の音色だが、今日聞こえてくるのは、激しいドラムと金切り声のようなギターの音だった。

　満希は不審に思いながらも、日当たり抜群な二十畳のリビングに入る。

「どうかし……」

　言いかけて、満希は持っていた通学カバンを手元から落としてしまった。

　そこにいたのは、母親だ。しかし母親は母親でも、いつもと様子が違い過ぎる。リビングにある背の低いテーブルに片足を掛け、いつもきっちりまとめているツヤツヤの黒髪を振り乱し、激しく頭を上下させている。

　大型コンポから流れる悪魔の叫びのような音楽に合わせ、身体全体でリズムを取り、ギターを鳴らしているかのようだった。

「ちょ、え、ママ……？」

「あ――――！　満希いぃぃぃ!?　OKAERI――――!!」

布を割くような声で『KILL YOU』『FUCK YOU』と延々叫んでいる音楽の合間から、母が叫んだ。

「ど、どうしたの!?」

「ママね、一曲処方してもらったのよ――――!!」

「え？　い、一曲？　処方？」

爆発音のような音と重なり、よく聞こえなかった。

一曲……曲？　曲を処方してもらった？　お薬みたいに？

「これが本当のWATASI――――!!　私が求めてた音楽だったみた――――い！」

別人のような母は歌詞の『I HATE YOU』に合わせて絶叫した。

満希の耳がキーンとなる。

これは一体……。階数を間違えてよそのお家に入って来ちゃった？　と思わず辺りを見回す。だが、満希が美術の時間に描いたマリリン・モンロー風の人物画が飾ってあるということは、紛れもなくここは自分の家だ。

ふと目の端に、テーブルに置かれた「のどか音楽院～音楽で人の心を癒します～　院長・長閑春彦《のどかはるひこ》」と書かれたチラシと、診察券が映る。満希はそれを勢いよく取り上げた。

確か、母親はここに行くと言っていた。この病院の所為で……。

「ママが豹変しちゃったの……？」

背後からの絶叫に、満希の言葉は掻き消された。

『のどか音楽院』は紀尾井町真田堀の近く、ホテルニューオータニの裏手にあった。小さな路地の坂の途中。四谷はとにかく坂が多い。

「ここね」

満希は午前の授業をサボり、そこを訪れていた。

白塗りの雑居ビルは簡素なコンクリート製で、扉は半透明の手動ドアだ。築三十年くらいだろうか。よくあるビルの色気のない入口に反して、立看板が妙にかわいい。表参道のおしゃれなカフェを思わせるような文字、色合いで「のどか音楽院～あなたの心を音楽で癒します～」とチョークで書かれている。立看板には毛糸で作られた指人形が貼り付けられていて、「診療時間　平日12～21時。土曜日10～19時」「お気軽にお入りください」などの文字をフキダシで囲み、指人形がしゃべっているかのように描かれていた。

満希はチラシをぞんざいに通学カバンへ押し込め、気合いを入れた。

「こんにちは」

中に入ると、受付には一人の女性が立っていた。長身でスタイルが良い。ウェーブがかった茶色の髪を束ね、胸元に落としている。ヨーロッパ系とのハーフと言われても納得できるような綺麗な人だ。だが表情が冷たい。目がつり目な所為もあるのだろうか。

警戒しながら、周囲を見回す。

患者は誰もいない。毛糸で編まれたぬいぐるみや人形がたくさん置かれている。小児科みたいだな、と満希は思った。

ソファや雑誌ラック、ゴミ箱に至るまで、暖色系の色合いでまとめられている。壁紙もピンクに近いクリーム色だ。

「初診でよろしいでしょうか？」

満希がキョロキョロしていると、受付に立っていた女性が言う。

「は、はい」

「学校は、早退でもして？」

平日の昼間、しかもブレザーの制服姿で来たからか、やや不審げな視線を送る。満希は少しどもってしまった。

「えっと、そうです」

本当は朝から一度も学校に行っていない。いつものように、真田堀でサボっていた。

「そうですか」

女性は抑揚《よくよう》なく返すと、「これにご記入をお願いします」と、問診票を手渡す。

女性の事務的な態度は、この病室の空気に全くそぐわない。胸元のネームプレートを見ると、『友近蘭子《ともちからんこ》』とこれまたかわいい文字で書かれている。その「蘭」という文字を見た所為もあるが、友近の近くでは微かに品のある甘い香りを感じた。

しかし、視線は氷柱のようだ。その自分に送られた冷たさが気になり、内心ドキドキしながら、ソファに座って問診票を書いた。

ま、敗けるな、満希。この病院の所為でママがおかしくなったんだから。これ以上ママに変なことしないように、一喝しなくちゃ。

武者震いのようなものを感じていると、友近は奥の診察室に向かい、「先生、初診の方です。準備ができ次第、お声掛けください」と抑揚ない声を掛けた。

満希にはそれが留守番電話の「只今外出しております。ご用件のある方はピーッと鳴った後に……」としゃべるアレに聞こえたほど、友近には人間味がない。

もういいや、これで。二十個近い問診票の質問項目を全部無視して、名前と、最後の自由記入欄に「ママへの診察をやめてください」と書き、受付に裏返しにして置いた。

友近はそれを取り上げ、「では、診察室へどうぞ」と案内する。

診察室も同じく毛糸で編まれたぬいぐるみが置かれていて、壁紙の色が幼稚園を彷彿とさせた。

「先生、長閑先生、お早く」

録音されたアナウンスのように呼ばれ、「はーい、今行きます」と更に奥から声が返ってくる。

カーテンが開いて、医者が現れた。

その姿を見て、思わず声をあげた。以前、真田堀で自分に絡んで来た善人面のうさん臭い男ではないか。

「あれ、君は……」

男の方も満希に気づき、にこにこしながらイスに座る。

「お知り合いですか、長閑先生」

友近は淡々とした口調のまま、男に問診票を渡す。

「知り合いと言うか……」

「へ、変な人!!」

満希が思わず指を指すと、長閑、と呼ばれた男はキョトンとする。

「や、やっぱりこの病院は変な病院だったんだ！」

「ちょっと、どういうことですか」

友近は声を荒げる。初めて機械みたいだった友近が、人間らしさを帯びたように思えた。

「だ、だってこの人、私が通りがかった瞬間『きらきら星』とか呟いて、そんで、『君の心のメロディが聞こえた』とか言って……」

長閑と友近は顔を見合わせる。

「先生、どうしてそのことを……」

「いや、つい」

「ついって何ですか」

「すごい激しく聞こえてきたもんだから、つい言っちゃったんだよ。耳にイヤホンを突っ込まれたような感覚で聞こえたからさ」

長閑は相変わらず穏やかな調子で話し、友近は「はぁ」と呆れたような相槌《あいづち》を打った。

『心のメロディ』については否定しない。ごく普通に不可思議な会話を続ける二人に、恐怖を感じた。やっぱり変な宗教団体だったのだ、と軽率に『敵陣』へ訪れてしまった自分を責めたい気分になる。

「まぁ、それを置いといて」

長閑はのほほんとした様子で
「さて、君の診察をしましょうか。えっとお悩みは……」

長閑は問診票を取り上げ、微笑んだまま眺めている。

代弁するように、友近が読み上げた。

「何ですか、『ママへの診察をやめてください』って」

「ママ？　宮島って、君、宮島さんの娘さん？　お母さんのご様子はいかがですか？」

長閑があまりにも緊張感のないしゃべり方をするので、満希はムカッとして立ち上がる。

「いかがですか、じゃないわよ！　この病院の所為で、ママがおかしくなっちゃったんだから！」

怒鳴られても、長閑はほんのり微笑んで「？」という顔をしている。

「おしとやかで上品だったママが、突然悪魔の叫び声みたいな音楽を聴き出して、変なテンションになっちゃって……！」

もしや悪魔信仰の団体なのか!?　と、満希はハッとする。

「あぁ、デスメタルのことですね。それは宮島さんの心が本当に求めていたメロディなんです」

しかし長閑は相変わらず、飄々《ひょうひょう》とした様子で話す。この人と話していると、どうも気が抜けてくる。どう見ても威厳ある医者ではないし、どこかのお坊ちゃまが白衣を着て、真似事をしているようにさえ見える。

「ほ、本当に求めていたメロディ？」

「ここは音楽で人の心を癒す心療内科なんです。宮島さんの心身の不調を改善するためには、心が解放されるような曲を処方する必要があったんです」

「ママが求めた曲が、デスメタルだっていうの？」

そんなはずはない。だってママは日本舞踊の先生で、三味線やお琴には慣れ親しんでいても、Ｊ－ＰＯＰにすら興味がない人だったのに。

「そう。心の中の鬱憤を晴らす曲が、宮島さんには必要だった」

「……どうしてママの心に鬱憤が溜まってるって分かったのよ」

満希は受付で書かされた問診票を思い出した。あれには「最近身体が疲れやすいですか？」「よく眠れますか？」「人ごみで気分が悪くなることはありますか？」「貧血気味ですか」「高血圧ですか」等の、客観的な質問事項しかなかったように思う。

「ママが、パパのことを話したの……？」

「パパ？」

長閑は首を傾げた。

「パパのことも知らないのに、どうしてアンタがママの悩みを理解できたのよ」

パパが外面の良い内弁慶であることは、自分とママしか知らない。身内だってパパのことを「社交的で素敵な旦那さんね」なんて勘違いをしているのだ。

「アンタ？」

長閑の代わりに、友近は氷柱のような視線を向ける。

「それが目上の人に対する口の聞き方？」

自分の目の前にいる二人は非対称過ぎる。一人はゆるゆるのぽやぽやのまったり男。一人はぴりぴりのとげとげのきっちり女。

「だ、だって……」

「まぁまぁ、友近。そんなに怖い顔するなよ」

長閑に宥められ、友近は口を噤む。

「心療内科に来る人でも、自分の悩みや苦しみを素直に口に出す人は少ない。簡単に話せるようなことじゃないから、不調を来すまで悩んでいる人も多いからね」

「じゃあ、どうしてママの悩みが分かったの？」

追及すると、再び長閑と友近は顔を見合す。

「心のメロディのことも言っちゃったし、この子には話しても良いか」

「そうですね、別に隠しているわけでもありませんし」

長閑はにっこりと微笑んで言った。

「自分は人の心の感情を、曲で聞くことができるんだ」

「……は？」

今この人、何て言った？

「うん、は？　と思う気持ちも分かるよ。普通は信じられないよね。自分でも『これってもしかして幻聴なのかな。おかしくなっちゃったのかな、俺』と思う時もあるから」

「ちょ、ちょっと待って……」

「いくらでも待つよ。あ、お昼だしお弁当でも買ってこよっか」

長閑は席を立ちかける。「そ、そんなには待たせませんから！」と満希が慌てて止める。

「感情が曲で聞こえる？　この世に存在してる曲ってこと？」

「そう。宮島さんの場合は石川さゆりさんの『津軽海峡冬景色』が聞こえてきたんだ」

「津軽海峡冬景色……って」

満希もテレビで流れているのを聴いたことがある。

「『ここえそうなかもめ見つめ泣いていました』でお馴染みの、あの曲？」

「うん。『津軽海峡冬景色』は、愛する人を置いて……または恋に破れて、一人寂しく故郷に帰る曲なんだ。その歌詞から察するに、宮島さんは『悲しい』『寂しい』『故郷へ帰りたい』と悩んでいるんじゃないかと」

それはつまり、ママはあんなパパのことを愛してるってこと？　でも振り向いてくれないから寂しい、苦しいって……？　それがママの本当の悩みだったの？

「患者さんから聞こえてきた『心の曲』を手掛かりに、その人が本当に悩んでいることを解き明かし、話を聞く。薬に代表される対症療法に頼らない、俺の医療方針なんだ」

確かに、本当に悩んでいることは、その悩みが重ければ思いほど、自分の心の中に押し込めてしまう。

自分だってそうだ。友達に田中の浮気に腹が立ってることは言えても、本当の悩みは言えてない。本当はまだ好きだから、別れたくないってこと。本命だと思い込みたいことは、話せない。

「患者さんの中には、自分の本当の悩みに気づいていない人すらいるんだ。ただ胃腸が悪くなったり、頭痛がしたりするから、薬だけもらってその場をしのぐ。だけど本当は心の不調から来ている体の異変だから、根本的な解決策にはならない。そういう人たちの助けになればと、この音楽院をやってるんだよ」

「で、でも何でママがデスメタルを聴くようになったの？」

「それは俺の趣味」

「え？」

「患者さんの心の曲を聞き、真の悩みを明らかにした後、その人の心を癒せるような曲を処方する。それが趣味なんだ」

「先生は謙遜されて趣味と言ってますが、それも治療の一環ですし、患者さんからは大変好評を得ています」

すかさず蘭子が口を挟んだ。

「……ここまで聞いておいてなんだけど、信じられない……」

ぼやくように言うと、長閑は「そりゃそうかもね」と笑い、「じゃあ、君の心の曲を聞いて、悩みを当ててあげよう」と微笑んだ。

「私の悩みを……？」

当てられるわけがない。だって、この医者は田中という男の存在すら知らないのだから。けれど、もし占いのように「君には田中くんという浮気性の彼氏がいますね」なんて言い当てられたら、どうしよう、とも思う。本当にそんなことになったらすごい。すごい、面白い。……ちょっと怖いけど。

「少し静かにしててね」

戦場に赴く気持ちでこの病院に来たが、今は長閑の「のほほん」とした雰囲気に飲まれたのか、すっかり猛々しい気持ちがなくなっている。

長閑は清冽に流れる春の小川のような響きを持って、ゆっくりと言った。

「やっぱり、君の曲は『きらきら星』だ」

「……きらきら星って童謡の？『きーらきーらひーかーる、おーそーらーの星よー』ってやつ？」

「そう。その『きらきら星』」

「何でそんな曲が？　なんか私の頭が軽いみたい」

田中のことと、その歌と、どう関係して来るのだろうか？　不満げに言うと、長閑は少し笑って「うん、どうしてだろうね？」と返す。

「……はい？」

「うんとね、俺に聞こえてくる心のメロディは、時にすごく難解な時があるんだよ」

「難解？　先生が知らない曲ってことですか？」

「ううん、そうじゃなくて、曲も曲名も知ってるんだけど、どうしてそのメロディが流れているのか、歌詞や曲調だけでは判断できない場合なんかもあるんだ」

「つまり……？」

蘭子が溜息交じりに例を出す。

「例えば、近親が亡くなって悲しまれてる方の心の曲が、明るい曲……ちびまる子ちゃんの主題歌だった『おどるポンポコリン』とか」

確かに、それは難解だ。歌詞や曲調からでは、その人が「悲しんでいる」ことは分からない。

「そういう場合は曲が作られた背景、作曲者、作詞者のバックボーンが間接的に関係してるから、その下調べをしたり、実際に患者さんの周辺を調査して情報を集めたりすることで、その人が抱えている『本当の悩み』を解き明かすんだ」

「つまり探偵みたいなことをしてるってこと？」

「そんな大袈裟なものじゃないけど」

「謙遜されてますが、実際に先生の曲に対する知識と推理力、洞察力は探偵並です」

蘭子がまたもや付け加える。どこか誇らしげなのはどうしてだろう。

「満希ちゃんの場合は、どうして『きらきら星』が聞こえるんだろうね？」

それを私に聞きますか。満希は憮然とする。

「……知りません」

「調べてみようか？」

「心のメロディにきらきら星が聞こえる」のは、気にならないと言ったらウソになるけれど、後から莫大な治療代を請求されるやも、と満希は身構えた。

それに、どうもこの長閑という男は緊張感に欠ける。大人のくせにあまりにも無邪気で、自分がこの人の母親なら「ちゃんと会社で働けてるのかしら……」と心配になってしまいそうなほど、おっとりしている。端的に言えば箱入り娘だ。

「結構です」

満希は深く関わらない方が「吉」だと判断した。席を立ち、逃げるように診察室を出る。

「気が向いたら、いつでも来てね」

長閑の声を背中に受けたが、満希は振り返らなかった。

受付まで戻り、お会計を済ます。千五百円だった。月のお小遣いの一万円札を出すと、蘭子は淡々とおつりとレシートを渡す。

「先生はあぁおっしゃったけど、先生のことを信用しないなら、もう来て頂く必要はありませんから」

「はっ……」

誰がこんなうさん臭い医者に頼るか！　と内心悪態づきながら満希は蘭子を睨むが、蘭子は眉一つ動かさない。

「お大事にどうぞ」

大根役者のセリフみたいだ。満希は一言も返さず、のどか音楽院を後にした。


「あれ、診療代もらったんだ。いらなかったのに」

ひょこっと受付に顔を出した長閑は、蘭子がレジにお金をしまっているのを見て驚く。

「そうもいきません。無料で『聴診』してしまっては、患者として来院し、お金を頂いている方々に示しがつきませんから」

「それもそうか。気が利くね。友近は」

「い、いえ。それより先生、もう少し厳然とした態度をとった方がいいのでは？　生意気な子供相手に、愛想良くする必要なんてありませんよ」

「まぁ、元気な子だったたね」

「先生のことをアンタ呼ばわりしたり、失礼なこと言ったり……」

蘭子がぼやくと、長閑はじっと蘭子のことを見詰めた。その視線に気づいた蘭子は、機械のような表情を崩す。

「な、何ですか？」

「普段クールな友近が妙にイライラしてるなと思ったら……俺のために怒ってくれてたの？」

「え――」

「ありがとう」

微笑まれて、蘭子は思わず顔を反らす。

「いえ、それも助手の仕事ですから」

「そっか」

長閑は春の陽光みたいに頬を緩め、「じゃあお昼休憩にしよっかー」と診察室に戻る。

蘭子は胸を押えた。その笑顔は反則だ。胸の中の熱い鐘が鳴りやまない。


「よくぞ敵陣から逃げのびたわ、満希」

のどか音楽院から紀尾井町の高校に行き、教室で自分のイスに勢いよく座る。一時は危機的状況だったが、法外な金銭も請求されることなく、無事に生還できた。

長閑の話では、母親はもう通っていないし、今後も通院するわけではなさそうだ。それなら、母が悪魔の叫びみたいな音楽を聴くことは目を瞑ろう。あの浮世離れした医者を牽制できただけでも、よくやったわ。と、心の中で今日の出来事を必死に整理する。

「満希、またアンタお昼を食べにだけ来たわけ？」

晴美は近くのイスを持ち上げ、満希の机の傍に置き、自分もそこに座ってお弁当を食べ出した。

「維は？」

「正式な体調不良で休み」

わざわざ晴美が「正式な」と付け加えたのは、「非正式」な満希を暗に非難している。

「今日はどこでサボってたの？」

「感情が音楽で聞こえるとかいう、変な医者とマシーンみたいな看護師がいる病院」

「何言ってんの……」

「知らない」

満希はお弁当のフタを開ける。今日は鯛のポワレと夏野菜のラタトゥイユ。維がいたら「凝ってるね」「おいしそうだね」と言ってくれるだろう。家事と日本舞踊の先生を両立しながら、どちらも完璧にこなしている。尚且つ、亭主関白もどきの父親を抱えているのに。優しくて綺麗でおしとやかな、自慢の母親。

「そう言えば、二限後の休み時間に田中くん来たよ」

「えっ」

田中は二年二組の教室。満希は二年一組。

「満希に何か話があったみたいだけど」

「それを先に言ってよ！」

お弁当のフタを閉めると、駆け足で教室を出て行った。

二年二組の前まで来て、こっそり中を覗くと、男子生徒数人と購買で買ったパンを食べている田中がいた。満希に気づくと「お」という顔をして、教室から出て来る。

廊下を走っている時はにこにこしていたが、田中が現れると、険しい表情を作った。

「休み時間に、うちの教室に来たって聞いたから来てやったんだけど」

敢えて不機嫌な物言いをした。

「そんなに怒るなよ満希ぃ～。もうインドカレー屋の子とは会ってないから」

四ツ谷駅近くの新宿通りに面した雑居ビルの二階に、インドカレー屋がある。学生にはラッシーを無料でつけてくれる良心的なお店だ。以前田中はそこで女の子とデートをしていた時、満希に見つかったことがある。

「スタバの子とは？」

「スタバの子とも会わないようにするからさぁ」

田中は甘えた声音で、機嫌を取るように満希の肩を揉んだ。

「気安く触らないでよ」

「怒るなって」

「じゃあもう最後の猶予だから。次、浮気したら、真田堀の土手から突き落とすからね！」

「え……」

「分かった⁉」

「お、おう」

田中は引き攣《つ》った笑いを浮かべた。

「じゃあ、教室戻るね」と踵を返しかけたのを、田中は引き留める。一瞬「お前が一番だよ」とか「好きだよ」とか愛の言葉を囁かれるのかと思ったが、違った。パンを買うお金がないから、二百円貸してほしいとのこと。

「おー、サンキュー！　バイト代入ったら返すわ」

溜息交じりに田中に二百円を渡す。また浮気するな、と満希は思った。

彼女のテリトリーである四谷近辺で浮気するような頭の軽い男だ。しかもスタバは駅ビルの中にある店舗。満希は毎日その駅ビルの中を通り、総武線に乗って市ヶ谷に帰る。そのことも知っているはずなのに。

浮気するならするで、露見しないようにもっとうまくやれ、と思う。そんな知恵も回らない甘ったれで単純な男。嫌いになれないのが、惚れた弱みだよねぇ……。友達にも話せない、本当の悩み。「きらきら星」が心から聞こえる理由は分からないけど、自分の悩みくらい分かっている。


「ただいま」

自宅に戻ると、最近大音量で流れていたデスメタルが聞こえなくなっていた。さすがに隣近所から苦情が来て、最近はヘッドホンを着用しているようだ。

リビングに入ると、母はバラのティーカップでお茶を飲みながら、優雅な昼下がりを過ごしていた。

「あら、おかえり、満希。今日は早かったのね」

「そろそろ期末始まるから」

満希はキッチンの冷蔵庫から牛乳を取り出し、グラスと共にリビングに持ってやって来た。

「ねぇ、ママ、今私ね……」

付き合ってる人がいるの。その人は私以外の女の子ともデートするような人なの。だけど嫌いになれないのは、どうしたらいいかな？

満希はやや早口で言った。

やっぱり本当の悩みを打ち明けるのは勇気がいる。

満希はドキドキしながら母の言葉を待った。もしかしたら「そんな男の人と付き合うのは止めなさい」と後押しされたかったのかもしれない。しかし、母は無言で紅茶をする。

「ママ……？」

「え？」

母は耳からイヤホンを外す。イヤホンを付けていたのか。急に身体の力が抜けて行くような感覚が襲った。

「ごめんなさい、何か言った？」

イヤホンからは、悪魔のような叫び声が漏れ出ている。

「……う、ううん、何でもない」

何かしゃべらなくちゃ、と会話のきっかけを探す。もう一度田中のことを話し出す勢いはなかった。

「お、お弁当おいしかったよ」

「ありがとう。お弁当箱は洗い場に置いといてね」

「う、うん」

お昼に食べたお弁当の味が、急に砂のようなものに思えてきて、満希は戸惑った。どうしてそんなことを、突然感じたのだろうか……。

「のどか音楽院」とスマホで検索をかけてみる。

珍しく一限目から学校に来てしまった所為で、三時限目の日本史の授業の時にはスタミナ切れ。こんな味気のない授業受けてるより、真田堀に行った方がよっぽど歴史を感じられるのに。

開け放した窓から緑風が吹く。その下で隠れてスマホを操作し、「のどか音楽院」を検索すると、意外にもちゃんとしたＨＰがあった。やはり一見、小児科のような雰囲気を漂わせるデザインになっている。

これってあの長閑とか言う先生の趣味なのか？　マシーン女の発想からは、こんなファンシーなＨＰはできそうにない。そう思うと、あの長閑の趣味は相当気持ち悪い。

「え……？　えぇっ⁉」

「満希、しーっ」

隣に座っていた晴美が口元で人差し指を立てる。授業中にスマホをいじっている挙句、声を出すとは何事か、と言わんばかりの剣幕である。前方の教壇に立つ九官鳥……教師も、訝しげにしている。

「あ、ごめん……」

料金表のページに跳ぶと『初診料２０００円・別途診察代（目安30分３５００円から）』と書かれているではないか。

自分が診察室に入ってから、絶対に三十分以上は話していた。それどころか、初診料すら請求されていない。あのマシーン女が気を利かしてくれて、お小遣い程度のお金しかとらなかったということだろうか。随分安い料金だとは思ったが……。

満希は友近の「キリッ」とした顔と、氷柱のような瞳を思い出した。

マシーンのようで、内奥では様々な思考を巡らせていたのかもしれない。

「江戸幕府が開かれたのは一六〇三年で、その十二年後の大阪の役で豊臣家を滅ぼし……」

教壇の先生は、黒板につらつらと文字を書いている。徳川幕府が開かれてから、その十二年後に豊臣家が滅んだ。そんな「点」みたいな歴史を知ってどうするというのか。その間に、実際生きていた人たちには様々な葛藤や思惑が錯綜していただろう。教師はそうなるのが当然だったかのように話したが、豊臣家が滅ばない結果になる可能性だって、きっとあったはずだ。その流れを知りたい。「点」ではない。「線」を知りたい。

満希はスマホの中の「のどか音楽院」を眺める。

教師は「とりあえず、年代と単語さえ覚えればいいから。一六〇三年、江戸幕府が開かれる。一六一五年大阪の役。それでテストの点は取れるから。滅んだのは豊臣、な」と黒板に書かれた文字に、シュッ、シュッ、とおざなりに赤いチョークで囲みをつけていく。それを見て、教室に押し込まれた生徒たちは必死に自分のノートにも赤い囲みを施す。そんな光景を見ていると、自分まで養鶏場の鶏になってしまったかのように感じる。

こんな授業を受けるために、一生に一度しかない、ドキドキでキラキラの十七歳の今を費やしていいのか？　いいわけがないのだ！

不意に、スマホの中の「のどか音楽院」には、この学校で教わるどんな授業よりも大切なものが詰まっているような、そんな気分になった。

「あ〜!!　ようやく解放されたーー!!」

期末試験最終日の放課後、満希は晴美と維としんみち通りのカラオケ店へと向かっていた。解放されたと言うほど、実はそれほど勉強していないけれど。

道中、晴美とふざけ合いながら歩いていた。隣でその様子を微笑んで見ていた維が、不意に交差点の向こう側を指す。

「あれ、田中くんじゃない？」

「え？」

しんみち通りに入る手前の、十字路の大きな交差点の先。田中の姿と……

「誰、あの女……」

田中は背の小さい女の子と手を繋いで歩いている。インドカレー屋の女でもスタバの女でもない。

田中と女の子は真田堀とイグナチオ教会（上智大学に併設されている大きな教会）の間の道路に入って行く。どうやら土手に向かっているらしい。豆粒のようになって、見えなくなる田中たち。

「ど、どうするの満希？」

晴美は満希の肩を持つ。

「こっちが聞きたいよ！」

声を荒げると、晴美も維も目をぱちぱちさせる。

「あ、ごめん……」

「満希ちゃん、あのね、言わないでおこうと思ってたんだけど」と維が珍しく口火を切る。

「田中くん、最近あの子と会ってるみたい。この前も迎賓館の前で見かけたことがあるの」

「え……」

迎賓館は四谷有数のデートスポットだ。宮殿のような建物と荘厳な門、その前には瀟洒な広場——手入れされた草花が植えられ、高級ホテルのガーデンのようになっている——がある。

「大きなお世話かもしれないけど、田中くんのことはもう忘れた方が良いんじゃないかな？　満希ちゃんに田中くんはもったいない気がする」

いつもの維らしくない、小声だが芯のある声音だ。それほど真剣な満希への助言なのだろう。

「別れられるなら、とっくに別れてるよ」とその怒号を喉で押し込めた。それでも好きだから、別れられない。

「……ありがとう維。……私、ちょっと行って来る」

「え、行って来るって……」

「田中と話してみる」

「だ、大丈夫？」

「うん……」

「警察沙汰にならないようにね。退学になんかなったら大変だよ」

「晴美、私が何をすると思ってんの？」

「逆上して田中くんを真田堀から突き落とすくらいのことはしそうだから……」

「……」

付き合いが長いだけある。晴美の助言のおかげで、幾分冷静になれた気がする。

「行ってくる」

交差点の信号が青になると、田中たちの後を追って駆け出した。その後ろ姿を心配そうに見つめる維。

「大丈夫かな……満希ちゃん」

「いや、多分大丈夫じゃないと思う。……田中くんが」

「えぇっ」

付き合いが長いだけ、ある。

晴美の言った通りになった。

あの後、真田堀で背の小さな女の子（中学生だったようだ）と、真田堀のしめぼったいベンチで肩を組みながら座っていた田中の前に現れた満希は、色々な問答を交わし、建設的な話し合いで解決をする……なんてことができるはずもなく、十メートルは離れていた向かいにある上智大学の窓から、二人の様子を眺める学生が現れるほど、大声での言い争いになった。

最終的に、田中は本当に真田堀を転げ落ちて、全治二週間の怪我を負った。

だが本当に満希が突き落としたわけではない。満希と中学生の女の子に問い詰められ、背水の陣となった田中が逃亡を図ったのだ。その際、満希が田中を捕まえようとし、ドタバタしている内に田中の上半身が柵を乗り出し、体勢を崩す。もちろん満希は「あ！」と助けの手を差し伸べたが、時既に遅し。田中は頭から真田堀の急斜面に落ちて行ってしまった。

雑草の中をごろごろと転がり、平地のグラウンドに着地した田中を、上智大の野球サークル部員が助けてくれた。田中は気絶していた。すぐに救急車が呼ばれ、病院へと運ばれた。満希もすぐさま病室へと駆け込んだ（中学生の女の子は怖くなったのか、いつの間にか逃げていた）。

怪我は軽い脳震盪と打ち身、擦り傷だけで、脳などに異常が見つかることもなく、駆けつけた田中の母親も、目を覚ました途端「腹減った！」とかつ丼をかきこんでいる息子より、ベッドサイドで「私の所為です」「ごめんなさい」と泣き続けている満希を心配する始末だった。

病院から、満希が帰って来たのは夜の八時。元々カラオケに行くとメールをしていたため、帰りが遅くなっていても気にはしていないだろうとは思っていた。

満希がリビングに入ると、母は父親と何やら楽しそうに話していた。母が音楽院で一曲処方されて以来、夫婦関係は良好に見える。父親は母お手製のイカの塩辛をつまみ、ビールを飲んでいる。晩酌に付き合っている母も、日本酒の入ったお猪口を片手に上機嫌。

「あら、満希、おかえりなさい」

「……ただいま」

「今日のお弁当、どうだった？」

「おいしかった」

母は満希の顔をまだ見ていない。見たら、その泣き腫らした顔に驚くはずだ。

「いつもみたいに、洗い場に置いておいてね」

だが母は、父親とのおしゃべりに夢中で、満希の異変には気づいていない。それどころか、少し酔っているようだ。

久しぶりに見た、母親の楽しそうな顔。それをずっと見たかったはずなのに、今はどうしてだろう。身体が泥の中にいるように重くなっていく。

田中のことを話したかった。けれど、今この時に母の気分を害する話を持ち出すのも、申し訳ないと思った。優しくて甲斐甲斐しくて自慢の母親。少しでも負担を減らしてあげたい。本当は泣きつきたかったけど……。

キッチンに行き、お弁当箱を袋から取り出して、流し台に置く。ＩＨコンロのフライパンに、ネギのたっぷり入った卵焼きにタコさんのウィンナーが目に入った。明日のお弁当の準備が既にできているのだ。

「これで充分」と思った。思い込もうとした。

「じゃあ……部屋にいるね」

「えぇ。……あら、満希？」

母はようやく満希の顔を見た。正直、ようやく気が付いてくれた、と思ったのだが、

「今日はお化粧してないのね」

「え……」

今日も軽くファンデーションとチークだけはして学校に行ったのが、泣いた所為で全て落ちてしまったのだ。

「そっちの方が可愛いわよ。まだ若いんだから、素顔で充分なのに」

「そうだぞ、高校生の分際でメイクなんて、けしからん」

すっかり酔っぱらった父親が管を巻く。満希は身体に錘《おもり》が付けられているように感じて来て、逃げるようにリビングを出て行った。目の端に、キッチンに用意されたお弁当のおかずが映る。「そんなものじゃなくて」と叫び出したい気持ちになったが、「そんなものじゃない」のなら、何を求めているのだろうと、いまいち自分の中にある灰色の煙のような感情の輪郭を掴むことができなかった。

翌日、満希は学校にいなかった。「あれからどうなったのか」とメールを送ったにもかかわらず、返信もない。晴美と維で「電話をかけてみる?」などと話していたところに、二組の田中が怪我で入院したことを耳にする。

晴美は愕然として「やっぱり……」と呟いた。

満希は真田堀にいた。

赫赫《かっかく》とした夏の到来を思わせる、初夏の日差しが眩しいが、髪の毛を駆け抜ける風は爽やかで心地よい。

特に用事はない。頭がずーんと重たかったから、学校を休もうかと思ったが、家にはいたくなかったので、とにかく制服を着て外に出た。けれどあの窮屈な学校の陳腐な授業を受ける気には到底なれない。満希の安息の地は、ここしかなかった。

まっすぐ続く砂利の道には誰もいない。大抵、散歩をしている近所のおじいちゃんとか、授業をさぼっている大学生などがいるのに、今日に限って誰もいなかった。家にはいたくなかったけれど、一人にはなりたくなかった。この世で自分の話を聞いてくれる人なんて、一人も存在しないような、絶望的な孤独感に襲われる。

満希は昨日田中が転げ落ちて行った場所まで歩き、柵に手を付いて覗き込む。

背の高い雑草や、小さな新木が茂っており、斜面は硬質な赤土だ。こんな所を転げ落ちたのは相当痛かったはずだ。田中のことを思うと、涙が出そうになる。病室では田中の母親がいたこともあり、一言も言葉を交わしていない。

どうしてあの時、手を掴めなかったのだろうか。やっぱり私が悪かったのだろうか。

どうすれば良かったんだろう。感情的になって追い詰めたのが悪かったのか。悪いことをしたのは田中なのに。でも、怪我をして苦しんでいるのも田中だ。どうしたら良かったの？私のことを嫌いになった？　なったよね。やっぱり。怒ってるかな、どうしたらいいの。どうしたら――誰か、誰か私の話を聞いて！

「やっぱり、満希ちゃんだ」

ふと、背後から聞き覚えのある声がした。声だけのはずなのに、なぜか春の匂いを感じた。

「長閑……先生？」

振り返ると、肩で息をしている長閑の姿があった。

「ど、どうかしたんですか？」

「いや、今日も患者さんが少なくて、ちょっと甘い物でも食べようかって、近所のたい焼き屋さんに行ってたんだよ。それで帰り道、この下……道路を通ってたら、急に爆音の『きらきら星』が聞こえて……」

息遣いの間に、長閑は説明をした。

「爆音の『きらきら星』……？」

「誰でもびっくりすると思うよ？　デスメタルみたいな『きらきら星』が土手の上から流れてたら」

長閑にとっては、この耳に張り付く孤独な静寂が、そのように聞こえているらしい。今も長閑は片耳を塞ぎ、初めてパチンコ屋に入った女の子みたいな顔をしている。

「それで……走って来てくれたんですか？」

「うん」

長閑は微笑んだ。

「多分、満希ちゃんだと思ったから」

「私のことなんて、放っておけばいいのに」

満希は小声で言った。いじけるように。

「え？」

長閑は聞こえなかったらしく、満希に近づこうと足を進める。しかし、余程『きらきら星』が激しく聞こえるのだろう。距離は二メートルほども離れているのに、長閑は一歩足を踏み出すのも、恐る恐るの様子だ。端から見ると、ものすごく異様な光景に見える。

「だから、私のことは放っておいてって言ったんです！」

大きな声で言った。長閑にも聞こえたらしく、少し困ったように微笑んで、それでも一歩一歩、距離を詰める。

「音量どうにかならないかな。こんな自己主張の激しい『心のメロディ』は久しぶりだよ」

なんとか、長閑は満希の隣まで来ると、並んで立った。眼前にはグラウンド、少し遠くに迎賓館が広がっている。透けるように青い空だ。

長閑は隣に来てから、二、三分ほど何も言わなかった。「何？」と心の中で思ったら、どうやら長閑は眼前に広がる景色を見ているようだ。初めてここで見かけた時と同じ、景色ではない、この地の歴史を見詰めているような、そんな横顔。

「『きらきら星』が聞こえる理由、分かったよ」

不意に、長閑は言った。

「え？」

「『きらきら星』について色々調べてみて、分かったんだ」

「そんなこと頼んでません」と憎まれ口を叩こうとしたが、長閑は穏やかな口調で続ける。

「満希ちゃんさ、お母さんに聞いてほしいことがあるんじゃない？」

「ママに？」

あまりに唐突な問いかけだったので、満希は眉を顰《ひそ》めた。

「どうして、『きらきら星』が聞こえると、そうなるんですか？」

「『きらきら星』って、本当の曲名は違うんだよ」

「え……元々日本の童謡じゃ……」

「原曲は十八世紀のフランスでできたシャンソンなんだ。シャンソンはフランス語で歌曲って意味なんだけど、その原曲のタイトルは『あのね、おかあさん』」

長閑は続ける。『きらきら星』の原曲である『あのね、おかあさん』は、道ならぬ男性に恋をしてしまった女の子が、「ねぇ、聞いてお母さん。私ね、そんな人に恋をしちゃったけど、許してもらえるかな？」と恋を知った喜びを感じながら、悩みを打ち明けるという歌なのだとか。

「だから満希ちゃんも、そういう男性に恋をしていて、それをお母さんに聞いてほしかったんじゃないかなって、そう思ったんだけど」

長閑が問いかける。

満希は何も言えなかった。

心臓が、身体から飛び出すように鼓動を打ってくる。

――すごい。

自分でも靄が掛かっていた漠然たる「悩み」を、一切事情を知らない他人が的確に解き明かす。

偶然では有り得ない。有り得るはずがない。本当に自分の心には何らかのメロディが流れているのだろうか。そんな非科学的なことがあるとしたら、今見えているものはほんの一部分に過ぎなくて、まだまだ面白いことが、この世界には隠れているかもしれない。

更に、

「あれ、ちょっと『きらきら星』のメロディが治まったかも」

と長閑が言ったので、またしても満希は「すごい」と目を瞠《みは》る。

「だから遠慮しないでお母さんに話を聞いてもらいなよ。宮島さんの体調も大分良くなってると思うし、満希ちゃんはまだ子供なんだからさ、もっと甘えて良いと思うよ」

長閑は春の海のような穏やかな微笑みを浮かべる。

「う、うん……」

赤の他人が、心の中を読んだように、自分でも意識していなかった最もほしい言葉を与えてくれる。その事実に、思わず震えが来た。すごい、すごい、すごい。

そうか、自分はもっと母親と話したかったのか。悩みを聞いてほしかった。「どうかしたの？　何でも聞いてあげるわよ」と優しく微笑んでほしかったのだ。

「そうする……。ママに、話したいこと、いっぱいあるの」

満希が涙ぐんだ声で呟くと、長閑は「そっか」とだけ応え、再び真田堀から広がる景色を眺める。青く茂った緑の葉を揺らす新風が、長閑のオールバックの髪の毛から漏れた寝癖を揺らす。

「失恋しちゃったから、私の恋はもう終わりだけど……それも含めてママに聞いてもらおう……」

「失恋？」

長閑は少し驚いたように満希を見た。柵に置かれた長閑の指先が長く、綺麗に整っていて、「器用そうな手だな」と思いながら、田中のことを話した。

「……でも、それじゃあまだ失恋したと決まったわけじゃ」

「だって、この真田堀から突き落とすような女だよ？　入院までしてるんだもん。そんな子、嫌いになるに決まってるじゃん」

「実際は突き落としたわけじゃないけど。事故だけど！」と満希が慌てて付け加えると、長閑は小さく笑う。

「それなら、問題ないじゃないか」

「でも、アイツの方が私の所為だって思ってるもん、きっと」

病室で一切目を合わせてくれなかった、包帯姿の田中を思い出す。

「もういいの。あんな奴、こっちから願い下げだし」

 わざと吐き捨てるように言うと、長閑はふふ、と小さく笑う。

「何で笑うの？」

「いや、ごめん……。本当に田中くんのことが好きなんだなと思ってさ。かわいいなって」

「え、私が？」

「うん」

長閑はごく自然に頷いた。直球な物言いに、こっちが照れてしまう。

「じゃあそんな満希ちゃんに、特別に一曲処方してあげよう」

長閑はおどけて、偉そうな口調で言った。

「ベルリオーズの『幻想交響曲』なんてどうかな」

「……失恋ソング？」

「まぁ、失恋と言っちゃそうかな。けど曲の説明が『恋に破れアヘンで服毒自殺を図るも死にきれず、彼女を殺して幻覚を見る』と書かれるんだよ」

「な、何それ。ベルリオーズって人は、自分が失恋してそんなの作っちゃったの？」

「そう。ベルリオーズは十九世紀にフランスで活躍した作曲家で、彼はピアニストをしていた女性マリーに結婚を申し込むが、彼女の母親の強い反対で恋は報われず、マリーは他の男性と結婚してしまう。それを知ったベルリオーズが、『母親とマリーを殺そう』と二人の家に向かっている途中で思いついた曲なんだとか」

「こわー……」

「そうだね、芸術家って感じがするよね」

「でも実際は殺さなかったんでしょ？」

「うん、殺したのは『幻想交響曲』の中でだけ」

「すっごい曲があるんだね」

満希は思わず笑ってしまった。

「私は失恋したからって、田中を殺そうとは思わないよ。あ、だから『幻想交響曲』を聴いて、現実にはするなよって、そういうメッセージを送るために、一曲処方してくれたの？」

「違うよ」

長閑は喉元だけで笑い、ベルリオーズの『幻想交響曲』について語り始める。

『幻想交響曲』は第五楽章まである。第一楽章は夢と希望に溢れた芸術家が恋をするまで。第二楽章は舞踏会の様子。華やかな舞踏会で最愛の人を見つけ、狂おしいほどの恋心を表現している。第三楽章は場面が変わり野辺の風景。野辺で牧童が笛を吹いている。それを聞きながら、最愛の人との恋愛がうまくいくか、不安に駆られているところ。第四楽章は「断頭台への行進」。悲恋に終わった恋人を殺した罪で死刑になり、断頭台で首をはねられるまで。第五楽章は死んだ自分の埋葬に集まった魔女と魔物の夜宴を表現し、フィナーレへ。

それがベルリオーズの『幻想交響曲』。失恋でここまで妄想を膨らませ、一曲を創作してしまうなんて、すご過ぎる、と満希が唸っていると、長閑は穏やかな口調で続ける。

「満希ちゃんはまだ、第三楽章だよ」

「え……」

第三楽章は、恋人を殺害する前。田舎の野で、不安に感じているところ。

「第四楽章でどういう行動をするか、第五楽章をどういう結末にするかは、まだ決まってない。満希ちゃん次第だ」

長閑は目を緩く細めて満希を見つめる。

まだ第三楽章。

どう行動して、どういう結末を迎えるかは、自分次第。ハッピーエンドになるか、バッドエンドになるかは、まだ決まっていない。まだ。

「とても華やかで面白い曲だから、ぜひ聴いてみて。音源がほしかったら、うちにあるから貸してあげるよ」

長閑は満希を見ずに言った。満希はもうそこにいなかった。既に走り出して、真田堀の一番端、駅に近い先にいる。

「長閑せんせーい！」

そこから大声で叫んだ。

「ありがとーー！」

自分だけの第四楽章を奏でるために駆け出した満希から、もう『きらきら星』は聞こえなかった。

夕方。学校から帰宅すると、珍しく母が玄関口まで出迎える。

長閑と真田堀で話した後、満希は一度高校に向かった。すぐにでも家に帰り、母親にほとばしる想いを打ち明けたかったけど。はやる気持ちを抑えながら、いつもより退屈じゃない授業を受けた。晴美は満希を見るなり、田中の入院のことを詳しく聞きたがったが、

「第五楽章まで終わったら話すね！」と明るく言われ、首を傾げるしかなかった。

そして、帰宅した満希。

「今、二組の田中くんのお母様からお電話があったんだけど……」

どうやら、母は田中の母親から全ての事情を聞いたようだ。田中の母親は満希があまりにも意気消沈していたことを気にし、心配して電話をくれたそう。

「あなた、お付き合いしている子がいたのね」

満希は、母に全てを打ち明けた。田中のことだけでなく、もっといっぱい悩みを聞いてほしいこと、話したいことがたくさんあるのだと。自分でも「子供っぽ過ぎるかな」と一瞬頭を過ったが、長閑の微笑みが浮かび、「まぁいっか、だって子供だし」と母への不満や寂しさをぶつけた。

「ごめんね、満希。お母さん、自分のことばっかりになっちゃって……」

「ううん、私もママに甘え過ぎてたかも。たまにはお弁当も自分で作るから、私の悩みも

聞いてね」

　田中に怪我をさせてしまったことを話すと、母も「それで失恋と決まったわけじゃないわよ」と長閑と同じこと言っていた。そして「でも、自分が悪いと思っているなら、謝らないとね」と優しく諭してくれた。満希もそう考えていた。とにかく謝ろう。

　その夜、ベルリオーズの『幻想交響曲』をインターネットで聴いた。オーケストラ版を聴いたからか、思っていたより、明るく楽しい曲だった。

　次の日。

　一限目の開始前から教室で着席をしていた。「それが普通なんだけど、満希だと新鮮」と晴美と維が言い合っているのを聞きながら、いつ田中のいる教室に行こうかと思い悩んでいた。既に退院はしているはず。けれど、昨日の今日で学校には来ているのだろうか、とにかく二組に行ってみるか、とソワソワしていると、スマホに着信が入る。なんと、田中からだった。慌てて画面をタップすると、「あー、今学校？」とぶっきら棒な声が。

「う、うん。田中は？　退院したよね」

「うん、学校来てる。お昼休み、ちょっと話せる？」

「お昼休み？　うん、大丈夫」

「じゃ、裏庭に来て」

「分かった」と満希が言い終わる前に、電話は切れた。いつも陽気な田中にしては、押し殺したような低い声に、単調なしゃべり方だったので、「やっぱり怒ってるんだ……」とお昼休みまで気が気でなく、授業も（いつものことだが）上の空だった。

四時限目終了のチャイムが鳴ると、すぐさま教室を出て行く。

裏庭では鼻に絆創膏を張り、腕に包帯を巻いた田中が、コンクリートの水槽にいる観察用の真っ黒な鯉に千切ったパンを放り投げていた。満希に気づくと、「ま、座れ」と、その水槽の端に腰掛けさせる。

「あの、田中……」

田中は塊のままパンを放り投げる。何十匹といる真っ黒な鯉が飛沫を上げてうねった。

「ごめん、満希」

「──え」

「もう浮気しないから、許してくんね？」

言おうと思った言葉を先に言われてしまい、ポカンとしてしまった満希に、田中は「怒るのも無理ねぇよな。もう浮気しないって言った矢先にあれじゃあ……」と独り言のようにぼやく。

「……田中、怒ってないの？」

「何で俺が怒るの？」

「だって、……真田堀から落ちて、怪我……」

「それは事故じゃん。俺が落ちる寸前、満希も助けようとして手伸ばしてくれただろ？」

「うん、まぁ……」

「それに病室でもあんなに泣いてくれて」

「……私、田中が怒ってるんだと思ってた」

またもや涙目になると、田中は「どうしてだよぉ」と動揺する。

「だって、病室では目も合わせてくれなかったじゃん」

「それはお母さ……おふくろがいたから、恥ずかしかったんだよ」

田中は鼻の絆創膏を指で掻く。

「ごめん。浮気はなるべくしないから、もっかい付き合おうよ」

「なるべくかい」と心の中でツッコミを入れたが、こちらの様子を窺うように見つめる田中が子犬のようで、思わず吹き出してしまう。

「私も……ごめんんね。これからもよろしく」と言うと、田中はぱあっと表情を明るくさせたが、「また浮気したら、今度は精神的に追い詰めよう……」と呟くと、田中は「え」と顔を引きつらせた。

満希はまた笑った。田中との第五楽章はこれから作っていく。願わくば、良い結末になるように。観察池の真っ黒な鯉が跳ねて、よく澄んだ空気に綺麗な水飛沫が上がった。

学校帰り、満希は再び「のどか音楽院」を訪れている。自分の悩みを解決してくれた長閑へのお礼と、田中との関係がどうなったのかの結果報告を兼ねて。

あともう一つ、解決してもらいたい悩みもあるから。

最後の悩み。それは毎日が退屈なこと。

「だから先生、私をここで働かせてください」とよく分からない文脈からそう言ったので、長閑と友近はポカンと顔を見合わせる。

「働くも何も、できる仕事はないですから」

「友近さんには聞いてません」

なんてギスギスしたやり取りをしていると、長閑は苦笑しながらここで働きたい理由を詳しく聞いてくれた。端的に言えば「毎日が退屈だから」だが、それだけではない。自分はちっぽけな箱庭から飛び出したいのだ。そのきっかけとなるのが、長閑先生とのどか音楽院なのだと熱く語る。

「社会経験させてください、先生」

深く頭を下げた。思えば、誰かに必死にお願いしたのも、こんな風に頭を下げたのも初めてな気がする。

「雑用でも何でもします。お願いします!!」

「うーん……。じゃあ、試しにやってみる？」

言われて、満希は顔を上げる。長閑は微笑んでいる。その笑みを見ていたら、また涙が出そうになる。最近涙腺が緩すぎると思ったが、感情が激しく動く出来事が多いのは悪いことじゃない気がする。

「いいんですか？　先生、安易な約束して」

「もちろん、しっかり監督しなくちゃいけないけど」

「じゃあ最初の仕事は」と長閑は診察室の奥にある扉へ案内した。早速もらえた「お仕事」にわくわくしながら付いて行く。

「ここは俺の書斎なんだけど……」

扉を開くと、そこは十五畳ほどの洋室。扉に平行して書斎机があり、一昔前の灰色のパソコンと書籍が積み上がって置いてある。驚くべきは、書斎の左右の壁であった。一面書棚になっている。それだけでも圧迫感があるのに、左の書棚には大量のレコード、CD、MDが所狭しと並んでいる。その数は数千、数万近いのではないか。右の書棚には『世界音楽大辞典』、『音楽史辞典』、『クラシック名曲100選』『音楽家伝記シリーズ』『世界のジャズ』『月刊PIANO』などの音楽に関係する書籍や雑誌も隙間なく並んでいる。

「ここにあるCDと書籍の整理をしてほしいんだ。自宅に有ったのを段ボールに詰めて、無造作に入れてあるだけだから」

「はい！」

満希は嬉しそうに書斎を見回す。レコードやCDといった音源は、クラシック、ロック、洋楽、K-POPにアニメソング、演歌まである。時代もジャンルも問わない。モーツァルト、美空ひばり、レディーガガ、西野カナ、初音ミクのCDが同じ棚に並んでいる。

「長閑先生って、どんな音楽も聴くんですか？」

「なんでも好きだからね」

それにしても雑食過ぎないかとは思ったが口に出さず、更に書斎を眺める。

少し古ボケたカビの匂いがする。新しいものに囲まれて育って来たから、その饐《す》えた匂いは由緒正しい神社の宝物庫の匂いのように思えた。

待合室の方で扉の開く音がした。誰か来たようだ。蘭子が書斎を出て受付に戻る。

長閑は楽しそうに書棚を見ている満希に、

「今日はどんな音楽が置いてあるのか見て、あんまり遅くならない内に帰りなね」と言って、自分も書斎を出ようとした。その時ふと、満希は古びた机の下、無造作に積み上げられた書籍の間に、赤い毛糸が挟まっているのを見つけた。

「先生、あれ何ですか？」

満希が引っ張りだすと、それは毛糸で編まれた、小さな靴下だった。

「これって赤ちゃんの……？」

「あぁ、そんな所に有ったのか！」

長閑は満希から片方だけの靴下を受け取ると、懐かしそうに眺める。小さな靴下、どう見ても赤ちゃんの履くやつだ。こんなものを持っているということは……

「まさか先生って既婚者？　赤ちゃんいるの!?」

「まさかって言われるほどの年でもないんだけど……」

「先生何歳ですか？」

「三十三だよ。今年で三十四」

「ウソ……いっても二十四、五歳くらいかと……」とのセリフは飲み込んで「わ、若く見えるんですね、先生」とオトナな返しをする。

「よく言われるよ」

長閑は片っぽの小さな靴下を大切そうに握りしめた。

「もうそんな年だけど、子供はいないよ。結婚もしてない」

「じゃあその靴下は」

靴下を握る指が、一瞬ピクリと動いた。

「これは靴下じゃなくて……」

長閑は少し考える素振りをした。

書斎にある唯一の明り取りの窓から、オレンジ色の線が厚型のパソコンに落ちる。

「お墓、かな」

「え」と発した満希の声は喉で留まった。

「先生、患者さんの準備ができました。すぐに診察室へ来てください」

蘭子の声がして、長閑は「はーい、今行きます」と応えた。毛糸の靴下を書斎机の抽斗に入れる。

「見つけてくれてありがとう」

そう言った長閑は、いつものように朗らかに微笑んでいた。

長閑はその場を出て行く。満希は後ろ姿を見ながら、息が止まったかのように動けなかった。確かにお墓と言った。靴下がお墓？　その時の長閑も、微笑んでいたように見えたけど——見えただけかもしれない。

満希は一人佇《たたず》み、無理を言って雇ってもらえたことを、改めて良かったと思った。何か面白いことが始まる予感。退屈でありきたりの毎日が、変化する予感。

真田堀で長閑の視線に惹かれた理由が、あの小さな靴下にあるのではないかと、どうしてか、思えてならなかった。

明り取りの窓を仰ぐ。

夏の到来を感じさせる、遠くまで澄んだ空だった。

SONG 2

「退屈」から脱却したはずの満希は、「暇」であった。

退屈と暇は大きく違う。「退屈」はどんなに多忙でも心の不満として感じることだが、「暇」は充実感のある生活をしていても、「やることがない」故に感じるものだ。

つまり、のどか音楽院のアルバイトを始め、精神的には大いに満足していたけれど、やることがないので、暇で暇で暇で仕方がなかった。

「今日こそは、患者さんが来ますように！」

中間試験、期末試験も終わり、紀尾井町にある高校は夏休み。

前は授業が少し早く終わる水曜日と、土曜日の二日間だけ音楽院へ赴いていた。本当は学校をサボっている時間にバイトをしようと思ったのだが、それは蘭子が許さなかった。許さないどころか、「今度学校をサボったりしたら、解雇しますからね」とまで言われてしまったので、同級生の晴美と維が驚愕するほど真面目に出席している。

夏休みが始まってから一週間。

ほぼ毎日のどか音楽院へ足を運んでいるが、今まで出くわした来院者は二人のみ。一人は近所に住んでいるお話好きのおばあちゃん（名前は確かハマオカさん）。ただ単に世間話をしたくて度々訪れるらしい。

もう一人は、近くの会社に勤めているサラリーマンの男性。企画会議などで人前に出ると緊張するとか……当たり前じゃん。緊張の域が「人並み」だったので、長閑は薬も一曲も処方せず、愚痴のような話を聞いてあげて、診察は終了した。

それまで満希は、精神科には訳アリの人が来るものだと思っていた。しかし、案外そうではないようだ。

「今日こそは、ふか～い患者さんが来ますように！」

「何ですか、深いって」

待合室のそこかしこに置かれた指人形にハタキをかけながら、独り言ちた満希に、入口から入って来た蘭子が言った。午前九時三十分。自宅から通勤してきた蘭子は、真っ黒な日傘を畳む。白衣に着替える前は、Tシャツにパンというラフな格好が多い。

「こんなに暇なんだもん。せめて退屈じゃない患者さんに来てもらわなきゃ」

退屈と言われても、蘭子は全く要領を得ない。額の汗をハンカチで拭う。少年っぽい格好に反して、ピンクのフリルがついた、可愛らしいハンカチだ。

「複雑で深刻で、面白い悩みをもった患者さん。名探偵長閑先生もお手上げな、難解かつ奥深い悩みを抱えてる人！」

楽しそうにしていると、蘭子はこれ以上話す必要もないと思ったのか、診察室の方へと足を進める。

「先生は？」

「まだ上にいるよ」

蘭子は満希の答えには返さず、中に入って行った。

長閑は音楽院の二階の一室に住んでいる。開院する十分前に一階へ降りて来て、その時には既に髪をオールバックにまとめ、白衣を着ている。

蘭子は半蔵門駅近くのマンションに妹と一緒に住んでいるらしい。開院の三十分前にやって来て、長閑がいないのを確認し、診察室の一画（カーテンで仕切れる）で白衣に着替える。

満希はと言えば、夏休み中、家にいても暇なので、開院の五十分前にはやって来て、待合室と、付設するトイレの掃除を行う。もちろん音楽院は開いていないので、まだパジャマ姿の長閑にカギだけ開けてもらう。

「いつも早いね」と長閑はやや眠たそうに笑うが、寝起きだと本当に高校生のようにあどけない。掃除も終わり、時間が余っている時は書斎に行く。書斎では「暇」になることはない。聴ききれないほどの音楽と、読み切れないほどの書籍に囲まれているから。

アルバイトとしての仕事は、書棚の整理整頓と院内の掃除、簡単な受付作業だ。時給は八百五十円。高校生とはいえ、東京のアルバイトにしては安い。けれどこちらが無理を言って雇ってもらっている以上、贅沢は言えないし、お金がほしくてバイトをしているわけではないから、特に気にしていない。

「けど、だからこそ！　来たれナイスな患者さん！」

満希は全部の指人形にハタキをかけ、丁寧に並べ直す。「イッツアスモールワールド」の世界を体現するような待合室の完成だ。

「満希さん、炭酸買って来てくれますか？」

白衣に着替え、ウェーブがかった髪をまとめた蘭子が待合室を覗いた。

「今日はジンジャエールの日だっけ？」

「木曜日ですから、スプライトの日です」

蘭子は二百円を掴ませる。満希は「行ってきまーす！」と音楽院を出て行った。

毎朝、長閑は炭酸水を飲む。

そんなに毎日飲むなら、あらかじめ買い置きしておけばと提案したが、近くの駐車場に置かれている自販機で、キンキンに冷えたものを飲みたいのだとか。変なの、とは思うが、炭酸を買ったおつりは全部自分の懐に入るので、文句はない。


「買って来ました」

自動販売機でスプライトを買い、二階まで持って行く。玄関のインターホンを鳴らすと、長閑がドアを開けた。

「ありがとう」

白衣こそ着ていないが、ストライプのシャツにスラックスを履き、髪を整えた長閑は、にっこりと笑う。

「丁度朝ごはん食べ終わったところだったんだ」

「じゃあ、食器洗ってあげる！」

満希は長閑の横をすり抜け、玄関に入り、さっさとスニーカーを脱いであがった。

「いつも悪いよ」と長閑は追いかけながら言うが、気にしない。だって暇なんだもん。

長閑は2DKの一室に住んでいる。そこは階下の待合室と「いい勝負」なほど「イッツアスモールワールド」の世界感漂う……もとい、「独身男性の部屋じゃないだろ」っていう部屋。背の低い柔らかな木目調のテーブルにイス。テレビ台に棚。ソファは淡いオレンジ色で、出窓には白いレースのカーテン。その下にはやはり指人形が並んでいる。

最初この部屋に入った時は、「絶対女と住んでる」と疑ったが、どうも違うらしい。音楽院を開く時に引っ越して来て、この二階に住み始めたが、音楽院の内装をイメージだけ伝え業者に丸投げしたところ、手違いで二階の住居部分も同じ壁紙やインテリアにされてしまったのだとか。

「でもさ、こういう部屋って維持するの大変じゃない？」

「寝て起きるだけだから、それほど汚れないし、週に一回はヘルパーさんに来てもらって掃除してるから、あんまり気にならないね」

長閑はバルコニーに続く大きな窓から、真っ青な空を見ている。

そんなお金を払うなら全部片付けてしまえばいいのに。

「音楽院さ、経営大丈夫なの？」

「経営？」

「患者さんも来ないから収入ないじゃん。それなのにヘルパーさん頼んで大丈夫なの？」

真剣に言うと、長閑は吹き出し笑った。高校生の満希に経営を心配されたことがおかしかったのだろう。

「わ、笑わなくてもいいじゃん！」

「ごめんごめん。でも、まさかそんなことを満希ちゃんが考えてたなんて」

「本当に儲かってないじゃん!!」

「そうだね、でも少しずつだけど患者さんは増えてるし、通院してくれる方もいるよ」

長閑は微笑みながら「それに、このビルは友近の実家が好意で貸してくれてるから賃料も発生しないし、支出は少ないんだよ」と言った。

長閑があまりに楽観的なので心配になってしまった。支出は少なくとも、収入がなければいつかお金が尽きてしまうではないか！

「大丈夫。前職で貯めてたからまだまだあるんだよ。前の職だと忙しくて、全然使えなかったんだ」

「前職？」

「言ってなかったっけ？　俺はずっと、さ……」

言いかけたところで、蘭子が階下から叫んだ。

「先生、十分前です。患者さんがいらっしゃってますので、お早めに」

「あ、すぐに行きまーす」

長閑はクローゼットの中に掛けてあった白衣を羽織り、急ぎ足で階下へと向かった。

「さ？」

「さ」のつく職業？　まさかサラリーマン？　だが会社に属して仕事をしている姿は想像できない。満希は長閑が言いかけたことを不思議に思いながら、急いで食器を洗い終え、後を追った。


朝一で診察に訪れたのは、スーツ姿の女子大学生だった。

「大川美菜さん、ですね。今日はいかがされました？」

「数カ月前から、頻繁に動悸がするようになりました。一度内科を受診したのですが、特に問題はないそうで、おそらく精神的なものだろうと申し送られてこちらに参りました」

診察室で、長閑を前にした美菜は澱みなく話す。

上下の黒いスーツに、第一ボタンまで止めているシャツ、スカート丈の長さは膝辺りまで。黒髪をまとめ、後れ毛一つない。その姿としっかりとした口調は、就職活動の面接を思わせた。

……とは言っても、この診察の様子を満希は見ているわけではない。

高校生アルバイトの満希を治療の場に立ち会わせるのは問題があると蘭子が言い出し、長閑もそれに賛同をしたので、診察をしている現場にはいられないのだ。患者が帰った後に、長閑から患者の状況を聞くだけとなっている。

もちろんその決定には猛抗議した。だが、プライバシーの観点からどうしても認められず、診察中は受付に座っていることになった。……しかし、それに大人しく甘んじている満希ではない。

夏休みに入る前、診察中は受付で待機していたが、あまりにも暇なので本日二回目のトイレ掃除をしようと、受付奥にあるトイレへと入ったことがある。すると、長閑の優しい声音と、蘭子の淡々とした声、そしておそらく患者の声がはっきりと聞き分けられた。どうやらトイレは診察室の真横にあるらしく、恐ろしいほどに診察室で話していることが聞こえる。そのことを知ってから、満希は診察中、必ずトイレへ詰めることにしている。

それで、大川美菜がやって来るとすぐにトイレに駆け込んだ。

美菜の姿がスーツ姿だと分かったのは、長閑が「就職活動中ですか？」と尋ねたからだ。

「動悸以外には、疲労感や軽い頭痛などがあります。ひどい時は頭痛薬も服用します」

「動悸が起こるタイミングは決まっていますか？」

「いえ、朝が多いような気はしますが……」

「それは規則正しい脈でしょうか？　それとも不整脈ですか？」

「不整脈ではないと思います」

「不整脈でないのなら、身体的な病気ではないですね。おそらく自律神経の乱れから生じる、精神的な不調でしょう」

満希は長閑たちの会話を聞き洩らさないよう、耳を澄ました。

「精神的？」と美菜は怪訝そうに呟く。

「何か不安に感じていることなどありますか？」

長閑はにこやかに問う。

「思い当たることは特に」

満希は「就職活動がうまくいってないんじゃん？」と心の中で思った。長閑も同じことを考えていたのか、「就職活動中ですか？」と尋ねる。

「就職活動は五月に終わりました。今日スーツなのは、この後新宿で内定者の懇親会があるからです」

「大学生ですよね、差支えなければ、どちらの？」

「この近くの、上智大学です。経済学部、四年生です」

「あぁ、上智大学なんですね。よく前を通ります。就職活動以外に、力を入れていたことは何かありますか？」

何だか就職面接のような質問だ。

「サークルの副部長でしたので、四年間ずっとサークルに明け暮れてました」

「へぇ、何のサークルですか？」

「ジャズサークルです」

「ジャズですか」

ジャズと聞いて、音楽好きの長閑の声はやや高くなった。

「はい、サックスを担当しています」

その後も美菜の学生生活の話は続いた。長閑は優しい親戚のおじさんのように、美菜の生活を詳しく尋ねたが、これと言って動悸の原因になりそうな「悩み」は見当たらない。

「それではですね、大川さん。うちでは音楽を処方し、精神的な苦痛を緩和させるという医療方針があるのですが」と長閑が言うと、美菜は「そうなんですか」と驚いたようだ。どうやら「一曲処方してもらえる」ことは知らずに、単に大学の近くにあるからここに足を運んだらしい。

「そうなんです。それで、美菜さんにも曲を処方したいので、少し目を瞑って頂いてよろしいですか？」

「は、はぁ……」

美菜は要領を得ていないようだが、言われるがままに目を閉じる。

満希は「心のメロディを聞く気だ！」と思わずトイレの壁に耳を付けた。そんなことをしても、長閑のようにメロディが聞こえてくるわけではない。だが、最近訪れた患者の中で、メロディを聞く段階までいった人はいない。美菜の悩みが長閑にも見当がつかないことを表している。これは「深い」患者が訪れたのだ！

「それでは、あなたの心を聴診致します」

ほんの十秒ほど、沈黙になる。

満希はワクワクしながら耳を澄ませる。

この後、そのメロディから悩みが判明した場合、長閑はそれを指摘し、真の悩みに対症できる薬か、曲を処方する。満希の母の場合がそうだった。語らなかった本当の悩みを言い当てられた母は、心の内を全て話したのだろう。そこから、長閑は母の鬱屈した気持ちを晴らすために、デスメタルを勧めた。

さて、美菜の場合はどうなのか。

満希は息を潜めた。

「——それでは、今日は動悸を抑える薬を処方しますので、二週間後また来院して頂けますか？」

「え？」

美菜は漏らした。満希も「え？」と思った。美菜の心のメロディは？　本当の悩みは？

「大川さんに処方する曲はよく考えたいので、また後日にさせてください」

「わ、分かりました。失礼します」

美菜は小首を傾げながらも、丁寧に腰を曲げてお辞儀をし、診察室を出る。ついでに満希も慌ててトイレから駆け出し、受付に戻る。患者が待合室に戻ると、蘭子もすぐに受付にやって来てしまうから。

待合室のイスに座った美菜は、ソファの背に置かれている指人形を見て、小さく微笑んでいる。今時の女子大学生にしては珍しく、地味だが端正な顔付きで、印象としてはNHKのアナウンサーのようだ。

その後、美菜は薬を受け取り、礼儀正しくのどか音楽院を後にした。

「先生、あの人の心のメロディは何だったの!?」

診察室に駆け込んだ満希は、早速食いついた。

「満希さん、楽しそうに聞かないでください。興味本位の人に患者さんの大事な情報は伝えられませんよ」

小うるさい蘭子に、うざったそうにコホンと一つ咳払いし、

「先生、あの方の心のメロディをお教えください。私も患者さんの悩みを解明する一助を担いたいので」とわざとお堅く言い直す。

「うーん、それがねぇ」長閑は朗らかな様子で『結婚行進曲』だったんだ」

「結婚行進曲？」

「満希ちゃんも一度は聴いたことがあると思うよ。結婚式の定番と言えば、この曲だから」

長閑は蘭子に指示をし、書斎から一枚のCDを持って来させた。不自然に置かれている

大きなコンポへそれを入れて再生すると、よく知っているメロディが流れる。パパパーン、パパパーンと結婚式のCMなどでお馴染みの曲だ。この音楽を聞いたら、百人の人が百人とも「何かおめでたいことがあったのね」と思うのではないだろうか。それくらい、希望に満ちた未来を暗示する曲なのだが……。

「どうして『結婚行進曲』が大川さんの心のメロディだったんだろう？」

長閑はコンポの音量を下げ、小首を傾げる。

「先生、分からないの？」

「メロディからは、重い……鬱々とした印象を受けたんだけど、曲調が明る過ぎるからね、如何せんよく分からなかったんだ」

長閑曰く、心のメロディからはその人の感情も感じ取れるという。しかしそれこそ、メロディ以上に抽象的な感じ方しかできないし、自分の気分によって聞こえ方が左右されてしまうため、それを頼りに患者の悩みを追及することは難しいのだとか。

「『結婚行進曲』はシェイクスピアの喜劇『夏の夜の夢』の中で使用される劇中歌なんだけど、この劇自体もハッピーエンドで終わるんだよね。ストーリーも喜劇だから、終始明るいものだし」

「それじゃあ大川美菜さんは、今幸せいっぱいってことなんじゃ……」

「だとしたら、ここには来てないはずですよね」

蘭子は美菜のカルテを記入している。

「そうなんだよ、何か問題を抱えているのは確実なんだ。それについて本人が本当に気づいてないのか、話したくないのかは分からないけど、悩みがあることは確かだよ。心身に不調が来るほど」

『結婚行進曲』が最後まで流れ、長閑はコンポの電源を落とす。

「満希ちゃん、この曲が作られた背景なんかを調べてみてくれるかい？」

満希は力強く頷く。「ふか～い」夏休みが始まる予感に、すぐに書斎へ駆け込もうとしたが、

「併せて大川さんの周辺調査もしよう。友近、大川さんの日常を探ってきてほしい」

と、長閑が蘭子と話しているのを聞いて、踵を返す。

「ちょっと待って！　周辺調査って、前に言ってた探偵なみたいなやつ？」

「そうだけど……」

「それも私やる！」

ビッと手を挙げると、蘭子はすかさず首を振った。

「ダメです。高校生の満希さんには任せられません。私がやります」

本当にこの人は情け容赦ない物言いをするな、と唸る。しかし、そんな一刀両断型の友近に敗けるような満希ではない。長閑には感情的に訴えるのが一番有効な「お願い」の手段だが、友近には正当性と合理性を盾に要求を通していくべきだと、この暇なバイトの最中にしっかりと学んでいる。

「いつもは友近さんの方が完璧に周辺調査をできると思いますけど、今回は私の方が適役だと思います」

「適役？」と蘭子は眉根を寄せる。しめしめ、と内心思う。これで「嫌だぁ、私がやるー！」なんて騒ぎだしたら、きっと聞く耳を持たなかっただろう。

「だって、今回一番に調査をするのは大学生活ですよね？　そしたら、この中で堂々と大学構内に入れるのは高校生である私だけですもん」

大学受験を控えた高校二年生の夏休み。学校見学に訪れる人も多いはずだ。

「友近さんじゃ大学構内に入れませんよ？　入れたとしても、ウソをついて潜入しなきゃいけなくなるじゃないですか。私なら本当に見学もしたいし、一石二鳥です」

理路整然と話すと、蘭子は「でも」と否定しかけたが、

「まぁ満希ちゃんの言うことも一理あるから、今回はお願いしようか？」

長閑の一声で、周辺調査を担う役割が決まった。

蘭子は眉間にシワを寄せ、「絶対に無茶はしないで、患者さんにも気づかれないようにしてください。悩みを探り出すというよりは、『見かける』という感じです。傍に控えていて、何か気づいたことがあればという程度ですから。無理にあぶり出そうとか、そういうことはしないでください」とくどくど言っていた。

満希は蘭子のお小言は半分聞き流していた。

「暇」でもない、本当の夏休みが始まるのだ。

翌朝、満希は上智大学の正門前に立っていた。

四ツ谷駅から徒歩五分ほどにある上智大学は、駅から構内に建つ校舎が見えるほど近くにある。新宿通りから右に曲がり、真田堀と大きな教会（イグナチオ教会）が左右にある道を入り、木立の中を歩いてすぐだ。

あちらこちらで蝉が鳴いている。大都会の一画とは思えないほど、真っ青な木々が林立して、足元に葉々の影を落としている。

満希はしたたる汗を手で拭い、ペットボトルのポカリスエットを飲んで水分補給をし、正門入ってすぐ左の守衛所に来校の旨を伝えた。制服姿で行ったこともあり、大学の見学をしたいと伝えたら、すぐに中へ入れてくれた。「ご自由にどうぞ。けど、夏休みだから学生は少ないよ」と中年を通り越して、おじいちゃんの守衛さんが笑った。

もちろん、無計画に大学構内へ潜入したわけではない。診察時に、毎週金曜日にジャズサークルのOGとして美菜が大学を訪れているという情報を得ていた。時間帯は分からないから、取りあえず朝の九時から上智大学に詰めて、美菜を待ち伏せし、正門から入って来たところをこっそり後を付ける気でいた。

「暑い……」

思わず声が漏れた。

ペットボトルを頬に当てて、守衛所から少し離れたベンチに腰掛ける。

正門から続く道には、両脇に二つの校舎があった。一方は古い洋館のような、赤レンガ調の赴きある建物で、もう一方は近代的な超高層ビルだ。新旧が入り混じっている。なんて統一感がないんだろう、と満希はカバンの中に詰め込んでいた野球帽を被りながら笑う。だがこの統一感のなさが、不思議と魅力だった。真田堀と同じ、滔々と流れる歴史の「線」を感じた。

そんな歴史の流れの中にいられるこの場所は気に入ったが、とにかく暑い。一時間近く経ったと思うのに、美菜が正門から歩いて来る様子はない。満希の前を通ったのは、ほんの二、三人だけだった。

いくら夏休みとはいえこんなにも人が少ないものかと周囲を見渡す。

すると正門から続く道と垂直に交わる、もう一本の大きな道には、断続的に歩いている学生の姿が見えた。

「あれ？」

不思議に思い、その十字に交差する道へ歩いて行き、左手を見て、満希は驚いた。そこにも大きな門があり、学生たちが出入りしていたのだ。てっきり出入りする門は、真田堀の真向いにあるこの正門だけかと思っていたが、もう一つ、車の通りが激しい新宿通りに面した入口があったらしい。しかも、そちらの方が多くの学生の姿がうかがえた。どうやら奥まった道の途中にある正門より、大通りに面した方が、よく使われているようだ。

もしかしたら大川美菜もこっちの門から入って来ちゃったかも、とがっくり肩を落とす。

炎天下の下で一時間も待機していた疲れが、一気に全身を襲った。

仕方がない。

人通りの多い門を見つけたからと言って、これからその門の前で待ち伏せをする気力は最早ない。「見つけられればラッキー」という感覚で、とりあえず校内を見て回ることにした。また来週美菜を待ち伏せすれば良いと割り切って、大学内を散策し始める。


上智大学はそれほど大きな大学ではない。散策、といっても、ほんの一時間程度で構内を回り、全ての校舎の中を見回ることができた。この建物に学生センターがあり、こっちの建物に部活動の部室があり、食堂はこの館とこの館にあるのね、と大体の位置さえ把握できるほど、こじんまりとした大学だ。

驚いたのは、校舎内に教会があることだった。

一層緑豊かな一画の奥に、突如教会が現れる。そこだけは、東京の都会の大学とは思えない。イギリスか何かの田舎の、小さな教会のように見えた。

中に入ってみようかと教会の扉を開きかけた満希の背後で、ふと聞き覚えのある声がした。美菜だ。

「修介、ごめん、待った？」

満希は咄嗟に教会の陰に隠れる。

「大丈夫、俺も今来たところだよ」

美菜は背の高い男子学生に駆け寄る。目鼻立ちの整った、硬派な雰囲気のある男性だ。

「昼食食べた？」

「まだ。食堂行こうか」

「うん」

男子学生と美菜は自然と腕を組み、構内へと戻って行く。満希は思いがけない幸運に、

「神様、ありがとう！」と教会に向かって呟いて、二人の後を追った。


美菜たちは教会の前にある建物の、半地下になっている食堂へ入って行った。

「ナポリタンと味噌ラーメンのどっちにしようかな」

「俺もその二つ食べたいから、二人で半分こしない？」

などと食券機の前で楽しそうに話している美菜たちの後ろで、満希は帽子を目深に被り、様子を窺う。美菜たちは料理をもらうと、近くのテーブルに座る。その真後ろのカウンター（中庭に面していて、雑然と茂る草花が見える）に満希は席を取った。二人の会話がよく聞こえる。

美菜の「悩み」は男性問題なのではないかと考えていた。『結婚行進曲』が聞こえたのは、「結婚」に関して若い美菜が悩んでいるのではないかと、そう予想していたのだ。なので、美菜の彼氏であろう人との会話を聞くことができるのは更なる僥倖であった。

だが、それは希望的観測で、物事はそんな簡単に進まなかった……。

話を聞いていると、とにかくひたすらずーっと、恋人同士の楽しそうな会話、つまりノロケであった。

「……」

満希は一人で冷やし中華を食べている。黙々と。

付き合いを初めてから、今日で丁度半年らしい。記念に九州へ旅行に行こうだとか、ホテルのディナーを食べようだとか、とにかく二人の関係は順調に進んでいるようだ。

美菜は大手生命保険会社の就職が決まり、修介と呼ばれた男子学生はこれまた大手通信会社への就職が決まっているらしい。二人で所属しているジャズサークルでは、美菜が副部長、修介が部長としてサークルをまとめ、引退した今もOB、OGとして後輩から慕われている様が聞いてとれた。共通の友人も多いのだろう。「マサヤンからバーベキューの誘い来た？」「今度レナと舞りんとディズニー行くんだ」とか、そういう会話も多い。

「そろそろサークル行こうか？」

「OBの練習は三時からだっけ？」

美菜と修介は時計を見た。二時間あまり食堂でおしゃべりをしていたようだ。ようやく席を立つ。満希はげんなりした気持ちになりながらも、時間差で立ち上がり、二人の後を追おうとした。

「あ」

ふと二人の座っていたテーブルを見ると、クマのプーさんのカバーを付けたスマートフォンが置かれている。美菜が置いていってしまったようだ。追いかけて届けようか、スマホを持ち上げた瞬間、着信音が鳴った。画面には「お母さん」と出ている。ど、どうしよう、と戸惑っていると、三十秒も経たない内に留守番電話になり、電話は切れてしまった。

すぐに美菜たちの後を追った。美菜に自分の姿を見られるのは避けたかったが、この際仕方がない。このままスマホを放置していくわけにもいかないし、と満希は食堂を出て、教会の前の道に戻る。暑い。カッと照らす日差しが脳天に突き刺さるようだ。

左右を見回すが美菜の姿はない。すると再び、着信が。やはり「お母さん」であった。またもや留守番電話になり、電話は切れる。満希は美菜が部室棟に行ったのではないかと思い、キャンパスの奥へと向かおうとしたが、そこで、

「あなた」

肩で息をしている美菜が、すぐ後ろに立っていた。

「あ、あの、これ」

驚いたが、すぐにスマホを差し出す。

「良かったぁ、忘れたのに気づいて、すぐに引き帰して来たの」

美菜は安心した様子でスマホを受け取ると、「ありがとう」とお礼を言う。満希はあまり顔を見られないように、小さく会釈して立ち去ろうとしたが、

「ねぇ、あなた、確かあの病院にいた子じゃない？」と声を掛けられてしまった。逃げ出そうかと、一瞬迷う。受付にいた自分の顔をまさか美菜が覚えているなんて。

「今日はどうしたの？　上智に何か用だったの？」

「えっと……私も上智大学に入りたくて、今日は学校見学に来たんです」

「あら、そうなの！」すると美菜は嬉しそうに「構内はもう回った？　教室とか見た？」

と満希に問いかける。

「まだです」

「それなら……良かったらうちのサークル見に来る？　教室で練習してるから、実際に授業をしてる教室も見られるし、上智生の雰囲気も分かるかも」

願ってもない申し出だった。堂々と調査対象に近づけるではないか。内心、ほくそ笑む。

「はい、ぜひ！」


連れられてやって来たのは、三号館にある大きめの教室であった。修介と合流した美菜は、満希のことを「知り合いの高校生なの。学校見学に来たみたい」と紹介してくれた。

講義を行うのなら、おそらく百人近くは生徒が座れるのではないかと思えるほど、大きな空間だ。少し古臭い感じのする床や、天井がある。何より暖房器具が最新のエアコンではなく、鉄格子が嵌められたストーブのようなもので、これと同じタイプのものは明治時代から続いている母校の小学校でしか見たことがない。

そんな教室には、美菜が所属しているジャズサークルの面々が詰めていた。部員数は三十人ほどだろうか。それが多いのか少ないのか、満希には判断がつかない。講義で使用する長机や椅子を全て教室の後ろに固め、空いたスペースで思い思いに楽器を吹いている。

「あー！　美菜さん！」

「美菜さん、おはようございます！」

「来てくれたんですね！」

美菜が顔を出すと、トランペットやサックスなどを吹いていた部員が手を止め、駆け寄って来た。満希を見ると「誰？」という顔をしたが、修介にしたのと同じような感じで満希を紹介した。

「じゃあ、少し全体練習するから、満希ちゃんは見学しててね」

美菜は微笑むと、教室に予め用意されていた楽器ケースからサックスを取り出し、部員たちの中へ消えて行く。満希は言われた通りに教室の後ろで、指揮者に向かって座る部員たちを見学することに。

アップテンポの演奏が始まる。

ジャズもポップスもロックも区別がつかないので、演奏されている曲が何かは分からなかった。後で長閑に聞いてみようかと、繰り返し流れるフレーズだけは覚えておこうと口ずさむ。

演奏の途中で、急に美菜だけが立ち上がり、独りで演奏をする。

満希はジャズのこともサックスのことも何も分からないが、素人が聴いても演奏がかなり巧みであることが分かった。音の「伸び」が違う。古ぼけた天井いっぱいに駆けあがって行くような音色が、サックスから生み出されている。

この伸びゆくような音色は、美菜の実力が相当なものだということを物語っていた。

キレイだな、と満希は目を瞠る。

まさか潜入調査に来て、こんな演奏が聴けるなんて。今日はやっぱりラッキーだ。

美菜が彼氏に愛され、後輩からも慕われる理由が、このサックスの演奏に集約されているのではないかと思えるほど、魅力的な独奏だった。

その後三十分ほどの合奏練習の後、美菜は満希の所へやって来て、「どうだった？ もし上智に来たら、うちのサークルに入ってね」とチャーミングにウィンクした様が可憐で、思わず満希は「そうします」と、ジャズのジャの字も知らないくせに受け合ってしまった。


「初の周辺調査はどうだった？」

書斎の黒革のイスに座った長閑は、毛糸で編み物をしている。カギ編みという、銀の棒を一本だけ使用した編み方だ。

灼熱の青空の下を、上智大学からのどか音楽院まで、およそ十分の道のりを歩いて来た満希にとって、毛糸を見ているのもツライと思ったが、編み物は長閑の趣味らしい。院内にある毛糸でできた指人形は、全て手作りなのだ。

「報告します」

満希はカバンから出したポカリをグッと飲んで、

「大川美菜さんは、一、彼氏とラブラブ、二、リア充、三、楽器が巧い。以上です」

半ば自棄に言った。長閑は「……それだけ?」と微笑んだが、悔しいかな、それだけだ。

美菜の「悩み」を導き出せるヒントとなるようなことは、一切見出すことができなかった。

「むしろ、悩みがあるのかって感じです。すっごく充実した大学生活を送っていますす」

長閑は苦笑いする。

「どうしたものかね」

「長閑先生、暑苦しい」

「え?」

「毛糸、この季節にすごく暑苦しいです」

「あぁ、ごめん」長閑はかぎと編みかけの毛糸を机の抽斗にしまう。「考え事をする時に編み物をしてると、集中できるから」

それにしても、成人男性が編み物をしているのはどこか異様だ。それが童顔で柔らかな物腰の長閑だからまだ違和感はないが。一体どういう環境で育てば、編み物が趣味の成人男性が育つのだろうか。ツッコミを入れたい気持ちになる。

「あと、『結婚行進曲』についても調べたんですけど」

満希は書棚を見回し、「あ、これこれ」と辞書のような書籍を取り出す。

『結婚行進曲』は一八四三年、ユダヤ人のフェリックス＝メンデルスゾーンによって作曲された。シェイクスピアの戯曲『夏の夜の夢』の劇中歌として用いられ、今もなお多くの人に愛されている曲である――と書いてあったことを読み上げる。

「作曲者のメンデルスゾーンは、どういう人だったの？」

長閑に問われ、また別の書籍を取り出す。これも事前にチェックをしていた。

メンデルスゾーンは一八〇九年に銀行家の父アブラハムの元に生まれた、ドイツ・ロマン派の作曲家。ピアノ奏者でもあった。裕福な環境で育ったメンデルスゾーンは、生まれてすぐベルリンに移り住む。息子の音楽の才能に誇りを持った父親は、メンデルスゾーンにあらゆる音楽の英才教育を行う。十一歳の頃から、彼の作曲した曲が演奏されるようになる。ユダヤ人として迫害されながらも、ロマン派の指導者的役割を担う。三十九歳という若さでこの世を去った。

「って、書いてあるけど」

本から目を離し、長閑を見ると、いつの間にか編み物を再開している。

「うーん……」

「あとはこの曲が作曲された時代についても調べてみる？」

「うん、そうだね」

歯切れが悪い。

結局、その後も『結婚行進曲』に隠された美菜の「悩み」を見出すことはできなかった。

「しょうがない。来週の金曜日にまた大川さんが来たら、もう一度心のメロディを聞いてみるよ」

心のメロディは、日によっても違うらしい。『結婚行進曲』以外のメロディが聞こえる可能性に望みを賭け、迎えた金曜日。——だが事態は更に混迷した。

美菜の診察が終わり、この日も薬だけの処方となる。

「今度は『ドナドナ』が聞こえたよ」と長閑は困ったように笑う。

改めて心のメロディを聞いてみたところ、今度は『ドナドナ』が聞こえたという。

「ドナドナって……市場へ売られていく仔牛の歌でしょ？」

満希にとってはそれぐらいの印象しかない。その歌がなぜ美菜の心のメロディなのか。『結婚行進曲』との関係性は一体……。長閑も頭を抱える。

「一層難解になってしまいましたね」

蘭子も唸った。これはいよいよ分からない。

「どういう印象を持ちましたか？」

蘭子は助け船を出すが、

「うーん、何かこう……重い……」

「思い？」

「引きずられてるような……」

「引きずられてる？　思い？　未練があるってことですか？」

全くかみ合っていない二人に、満希は溜息一つ。一応書斎に行き、ドナドナの曲の背景を調べようとA４サイズの分厚い書籍『世界の童謡大百科』を持って来る。この辞書を引けば、大抵の童謡の歌詞や成り立ちが調べられる。

『『ドナドナ』は、一九三八年成立。作曲はユダヤ系アメリカ人ショロム・セクンダ、作詞はユダヤ系アメリカ人アーロン・ゼイトリン。牧場から市場へと仔牛を売りに行く様子を歌った曲。原曲は「ドナドナ」ではなく「ダナダナ」。イディッシュ語（中東欧ユダヤ語）で「我が主」という意味もあるが、牛を追う時の掛け声だという説もある。……だって」一通り読み上げ、「一応ネットでも調べてみるね」とスマホを取り出す。

「ユダヤ系……」

長閑は何とはなしに呟く。

「うん、作曲と作詞がユダヤ系の人みたい……。あ、それとネットの都市伝説みたいなレベルだけど、『ドナドナ』に歌われている仔牛はナチスに強制連行されるユダヤ人を表しているんじゃないかって説もあるみたい」

「えっ」

突然、長閑はピンポン玉が飛び出たような声を上げた。

驚いた満希は「でも、『ドナドナ』が作られたのは一九三八年で、ドイツナチスのユダヤ人強制連行は第二次世界大戦の時、えっと一九四二年頃から始まったらしいから、時代背景は合わないし、単なるウワサみたいだよ」と付け加えた。ネットの中に転がっていた真偽が分からない情報だ。それに食いつかれても困る。

「いや……」

しかし、何かヒラメキの種を見つけたのか、デスクの抽斗を開け、編みかけの毛糸を取り出し、器用に片手でカギ編みをしだす。何かを集中して考えている証拠だ。

「そう言えば……『結婚行進曲』を作曲したフェリックス＝メンデルスゾーンも、ユダヤ人じゃなかったっけ？」

満希は「確認してみる」とネットで検索をかける。

「あ、そうそう！　メンデルスゾーンもユダヤ人だよ！」

『結婚行進曲』と『ドナドナ』の共通点は見つけた。しかし、それが一体何だと言うのか？　満希は長閑の言葉を待つ。

「ユダヤ人、迫害、ナチスの強制連行……」

随分深刻な話題になってしまった。平和な日本に生きるリア充大学生の美菜が、それほどまでに思い悩むことがあるというのか。

「ドナドナ……引きずられる……重い……」

独り言のように呟く。蘭子も長閑の謎解きに期待を寄せるが、長閑の中でも、散らばるピースが一つにまとまらないようだ。珍しく難しい顔をして、手だけが動いている。

「満希ちゃん、周辺調査をしてて、本当に気になることはなかった？」

「え……」

思い出すのはラブラブ具合と、魅力的なサックス演奏だ。後はじんじんと暑かった。

「その他には？　何でもいいよ」

急き立てられ、記憶を搾り出してみる。

まず、正門の前で炎天下の中を待ち伏せていたことから、正門以外にも門があると気づき、愕然としながらも、構内を見学し、イギリスの田舎にあるような可愛い教会を見つけ、そこで美菜と偶然出会い、食堂で二人のイチャイチャに食傷気味になって、美菜たちが出て行き、テーブルの上にスマホが忘れられていて、それを持って外に出て……

「あ、そう言えば、美菜さんのスマホにお母さんから着信があった。短い間に二回も」

あの時、スマホを渡された美菜は、着信履歴を見たはずだ。普通なら「二回も着信があったなら、何か急用かな？」と掛け直すのではないだろうか。しかし美菜は履歴を見ただけで、時間もあったはずなのに掛け直さなかった。

「よく考えたら、それってちょっとおかしいかな？」

電話の代わりにメールを入れていた様子もなかった。

「着信が二回もあって、掛け直さなかった」長閑はカギごと、編んでいた毛糸を抽斗の中に入れ、「それで、強制連行されるユダヤ人か」と春の海みたいな笑みを浮かべて頷いた。

「何か分かった!?」

「憶測だけど、多分」

「何々？」と興味津々に長閑へ近づく。蘭子も身を乗り出す。

「謎解きの前に一つ、頼み事があるんだけど」

「頼み事？」

「大川さんに渡す薬、処方する数を間違えちゃったみたいなんだ。悪いけど満希ちゃん、大川さんのご自宅まで届けてくれる?」

「えーー」

拍子抜けして、思わず長閑の幼い二重の目元を見つめる。

「いいけど……」

「じゃあよろしく。大川さんには一報入れておくから」

「は、はい……」

訳が分からないまま、満希は美菜の自宅へ向かうことになった。

謎なのは、「大川さんのご自宅に行ったら、お母さんに注目してみて」と付け加えたことだ。なぜ今、美菜の母親に注目するよう指示を出したのだろうか。更に納得いかないのは、「監督役」として蘭子と一緒に向かわせたこと。自分の力量が足りていないと暗示されているようで、いい気分ではない。

「満希さん、大川さんのお宅に伺ったら、ちゃんとご挨拶してくださいね」

美菜の家は武蔵野市の三鷹にあるそうだ。四ツ谷から乗り換えなしで約三十分。総武線の車内で、蘭子はまつ毛すら動かさず、満希に忠告する。

「子供じゃないんですから、分かってます」

「高校生なんて、十分子供です」

「そう言う意味じゃなくて」と反論したい気持ちをグッと堪え、スマホをいじった。三鷹駅まで、遠い。


三鷹駅から更にバスに乗り、十分。

ようやくたどり着いた美菜の家は、閑静な住宅街にある一軒家。二階建ての特徴のないどこにでもありそうな住宅だが、玄関の横にある真っ赤なポストが目を惹いた。

インターホンを鳴らすと、美菜が出迎える。

「こんにちは。暑いですから、どうぞ中に入ってください」

美菜は満希と蘭子を玄関に招き入れた。

「お越し頂いてしまってすみません。学校帰りに取りに行っても良かったんですが……」

「いいえ、薬の量を間違えてしまったのはこちらのミスですから、お届けするのは当然です」

蘭子は少し目を細める。それでもマシーン感は拭えない。しゃべり方が歯切れ良過ぎるのだ。丁寧な言葉でも突き放すように聞こえてしまう。

「満希ちゃんも来てくれたんだ。どう？　勉強頑張ってる？」

美菜は満希に微笑みかける。満希は「はい、上智大学に入れるように今から頑張ります」と当たり障りのない返事をした。

「美菜ちゃん、どなたかいらっしゃったの？」

　すると奥の階段から、背の低い中年の女性が現れた。顔の造作一つ一つは美菜に似て整っているが、ピンクの口紅に紫のアイシャドウ、くっきり書かれたアイラインが刺々しく感じる。背が低いのにロングのスカートを履いているのも、変にスタイルを悪くしている。

「お母さん」

　美菜が言った。

「大学の近くの病院に行ったたって言ったでしょ？　足りないお薬を届けてくださったの」

「胃薬だったっけ？」

「そう」

「胃薬？」と首を傾げる満希に、美菜は「母には心配をかけたくないので、そういうことにしておいてください」と耳打ちした。

「暑い中わざわざありがとうございますぅ」

　化粧は自己主張が激しいが、愛想は良い。ピンクの口元を引き上げて、ニコニコしている。あれが美菜のお母さんか。長閑は注目してほしいと言っていたが、これじゃ何も分からないまま、美菜の元を去らなければならない。そう思った満希は咄嗟に、

「あの、図々しいお願いなんですけど……冷たいお水を頂いてもよろしいですか？」

と言った。これには蘭子も一瞬眉を顰める。その蘭子に満希は「協力して」と熱い視線を送る。蘭子としても、もう少し美菜母娘の様子を観察していたい。このまま帰ってしまえば、長閑に報告できることは何もなくなってしまう。眉根にシワを寄せたまま、満希か

ら視線を外す。

「いいよ、どうかした？」

「すみません、少し頭がクラクラしてきちゃって」

「えっ、熱中症かな。ちょっと休んでいったら？」

美菜は満希を労わるように背中をさする。

「熱中症？　それは大変。どうぞ、ソファで休んで」

美菜の母親も廊下とリビングの間から声を掛ける。

「ご迷惑じゃないですか？」

蘭子はあくまで社交辞令で言った。

美菜は「いえ、そんな」と満希と蘭子を快く受け入れる。

「作戦成功」と隠れて蘭子にウィンクする満希に、蘭子は苦虫を噛み潰したみたいな顔をした。


仮病作戦は功を成した。

なるほど長閑が「美菜の母親に注目してみて」と言った理由が分かったような気がする。

冷たい麦茶をもらい、十分ほどソファで横になっていた満希。その間、美菜と母親が蘭子の話し相手になっていたのだが、母親はずっと美菜の話をしていた。

「うちの子、第二生命っていう保険会社に内定もらいましてね」

ここで蘭子は「そうなんですね、一流企業じゃないですか。すごいですね」と合いの手を入れる。すると母親は「そうなのよ、いえね、自分の娘ながら、どうしてこんな出来が良い子になったのかしらなんて。本当に自慢の娘なんですよ」と嬉しそうにする。

「止めてよ、お母さん。恥ずかしいから」

美菜は苦笑いしながら母親を窘《たしな》めるが、娘自慢は終わらない。

「大学も大学でしょ、そこでもジャズサークルの副部長やったり、そんな子なので、就職もきっといい会社に入ってくれると思ったんですけど、その通りになって安心してますの。就活中は私もお弁当作ってあげたり、企業の情報集めたりね、それはもう色々お手伝いしたんですよ。今の子の就職活動は、家族の助けも必要だって、就活セミナーでも教えてもらってねぇ。だからこの子があの超一流企業に内定を頂けたのも、私のおかげかしら、なんて」とペラペラペラペラ……。

美菜はもはや止めることもなく、諦めたように笑って母親の話を聞いている。

「随分可愛がられてるんだなぁ」と満希は最初思った。しかし、聞いている内に何か違和感が生じてくる。母親の話は、美菜の話をしながらも、美菜の存在が霞んでいるように感じてきた。

結局は自分の話だ。娘の自慢を話の入口にしているが、結局は自分のことを話しているように思える。自分の手助け、自分の努力、そして、そんな自慢の娘を持った自分。母親の目に娘の美菜は映っているのだろうかと、そう感じるようになってきた。

とは思ったものの、満希は「母親に注目して」と長閑に言われていた所為で、穿った見方をしているのではないかとも捉えられる。しかし、

「本当に、こんな自慢の娘を持てて、私は幸せ者なんです」と言った言葉が耳に残った。

この人はやっぱり、いつでも主語が「私」だ。

娘の美菜の「実像」は、この人の中から抜け落ちている。

のどか音楽院に戻った満希が、まず長閑に報告したのはそのことと、母親が「一流企業に就職したことが誇りなの！」と目を輝かせる度に、美菜は笑いながらも、胸に釘を刺されたみたいに表情を曇らせたことだ。

蘭子も同じことを感じていたようで、四ッ谷に戻る総武線の車内の中、「やっぱりお母さんって、自分の話ばっかりしてたよね！」という話題で盛り上がった。帰りの電車の三十分はあっという間だった。

「なるほど、やっぱり」

報告を聞き終わった長閑は、にっこりと微笑む。夏の日差しのように激しくない。満面の笑みなのに、どこか優しい。

後日、再びのどか音楽院を訪れた美菜。今日は診察後にジャズサークルに顔を出すらしく、紺色のセーターに黒いパンツという学生らしい服装で、楽器ケースを持って来院した。

満希は受付で美菜に手を振り、診察室に入ったのを確認してトイレへ直行する。

「その楽器、中身はサックスですか?」

診察室のイスに座った美菜に、開口一番に長閑が問いかけると、「そうです。よくお分かりになりましたね」と驚く。

「アルバイトの女の子から伺ったんです。大川さんのサックスがとても上手だと」

「アルバイト、満希ちゃんですね」

「そうです」早速長閑は心のメロディから導き出した真の悩みを指摘するのかと思いきや、

「良かったら、一曲演奏してみてくれませんか?」

「ここで、ですか?」

「ぜひ聴いてみたいんです」

戸惑いながらも、満更でもない様子で楽器ケースを開け、サックスを取り出す。微調整をして、弾く準備を整える。

「じゃあ、有名な『枯葉』を……」

サックスを吹き始める。美菜の地味な雰囲気からは想像もつかないほど、ダイナミックな演奏が始まる。リズミカルで、ムーディーで、聴衆を巻き込むような空気にさせる。

「こんな感じです……」

さわりを弾いた後、恥ずかしそうにサックスから口を離した。

長閑は「いいメロディでした」と拍手をする。そして唐突に切り出した。

「美菜さん、本当は音楽に関係する仕事がしたいんじゃないんですか？」

美菜は「え」と言ったまま固まる。

「このまま内定をもらった会社に就職するのは、気が進まないのでは？」

更に長閑が語り掛けると、目をキョロキョロさせて逡巡する。

「どうしてそれを……」

信じられないといった表情で、長閑を見つめた。

「誰かに遠慮をして、その気持ちを打ち明けられないのではないでしょうか」

と、そこまで言うと、更に目を丸くさせる。誰だって驚くだろう。心の中に押し込めていた秘密を、赤の他人が白日の下にさらしたら。

美菜は観念したように、だがどこか高揚したように、「悩み」を語り始めた。

長閑の言う通り、美菜は今の就職先に満足していない。それよりも、ホテルのレストラン内でジャズの演奏をする仕事をしたいのだという。その仕事を知ったのは、ジャズサークルのOBが、実際にホテルでジャズマンをしているからだ。その先輩からは「良ければ大川のこともオーナーに紹介するよ。お前の演奏なら、きっと大丈夫だ」とお墨付きまでもらっていた。

それが三年生の冬休み。これから本格的な就職活動が始まるという時期だった。

就職活動の一環として、「自己分析」というものがある。自分を客観的に分析することで、本当にやりたい仕事、自分に向いている業界、業種などを決める一助にし、面接での自己PRを考えるために学生は行うものなのだが、そうやって自分を見つめれば見つめるほど、サックスを吹きたい。人前で演奏したい。それを仕事にしたいと思うようになったという。

三年生の春休み。そのことを母親にそれとなく告げたが、母親は否定的だった。「アンタせっかく上智にまで入ったのに……」と嘆かれ、「そんな水商売を娘がしてるなんて、世間様に顔向けできない。恥ずかしいわよ」とまで言われてしまった。母親はいつも自分を自慢していた。小学校で作文コンクールに入選して、中学では学年五位の成績になって、高校は都内一の進学校に入って……いつでも自慢される娘だった。それが将来を決めるこんな大事な局面で「自慢できない娘」になる。それは美菜にとっても嫌忌することだった。

「そうして演奏家としての道を諦め、就職活動を始めて、内定ももらいましたが……」

実際に卒業が近づくにつれ、葛藤が生まれた。

心の中で夢と現実が戦い、粉塵が巻き上がっているような気分で、視界も不明瞭、その内に意味もなく心臓がドキドキして来て、頭痛もするようになり、のどか音楽院に訪れたという。

「自慢できる娘で居続けたかったんです……。だけど、人前で演奏をして、喜んでくれている人の顔を見るのが好きで、その喜びも諦められなくて、でも、二つは両立しないんです。だったら、母親を裏切るようなことはしたくないと思って」

美菜は膝の上に載せたサックスを見つめる。このサックスを手離さなければならない。

「そうなんですね」

長閑は穏やかな笑みを浮かべる。

「だけど美菜さんは一つ勘違いをしていますよ」

「え？」

「美菜さんはずっと、自慢のできる娘だったわけじゃない。『自慢できる娘になろうと無理をしていただけ』だったんじゃないですか？」

美菜は「あ」と喉元で息を詰めた。

胸の中の土埃がすうっと晴れて、視界が明瞭になる気持ちだった。

「母親のために、ずっと頑張り続けたあなたは偉いです。その努力は間違いではない。けれど、その無理を今後も続ける必要はないんですよ。あなたの人生はあなただけのものなんですから」

美菜の本当の悩みはこれだったのか、と満希はトイレの壁に耳を付けながら思った。

美菜の家から帰って来て、長閑に母親の様子を報告した後、『結婚行進曲』と『ドナドナ』から導き出された本当の悩みを解き明かしてくれた。この二つの曲の共通点は「ユダヤ人」。「無理矢理、意に添わない場所へと連行される」ことを暗示していた。つまり美菜も「望まない方向へ引きずられている」状況にあったのだ。

そこまで言われ、満希は「そうか、美菜さんには夢があるのに、お母さんに強制連行されて嫌な仕事に就かされそうなのか！」と、それが「悩み」だと考えていた。

しかし実際はそれだけではなかった。

強制され、従わざるを得ない理由が真の悩みだったのだ。それは母親の圧力もあったが、母親への気遣いでもあり、愛情でもあり、自分の意地でもあった。

その心の中の土埃を、長閑は明らかにした。

心のメロディをきっかけに。

すごい、と満希は小さく声を上げた。

これが長閑の「治療」なのだと。

「でも……今更母になんて言えばいいか……」

そうだ、そこからが問題だ。自分は納得して「自慢できない娘」になるとしても、それは許されるだろうか。一方的にしゃべり続けていた美菜の母を思い出すが、一筋縄ではいかない気がする。美菜が母親からの着信を黙殺していたのも、自分に対する過度な期待を呪い言葉のように聞かされることに、辟易していたからだという。

「私は争いたくないんです。穏便に物事が治まるのが一番。波風を起こしたくない」

「それで夢は諦めきれるんですか？」

珍しく、蘭子が横合いから口を挟んだ。その声音はいつにも増して鋭利に聞こえる。

「でも……」美菜は俯いた「争いたくない……」

「争いたくない、ですか」

長閑はその言葉を受けて、やんわり微笑む。

「どちらを選ぶかは美菜さんにお任せします。私が決定することではありませんから」

「そうですよね……」

「ただ、悩んでいるあなたに一曲処方させてください」

「一曲処方って……」

美菜は首を傾げる。

「当音楽院では、患者さんの悩みを緩和するために、音楽を処方しております。薬に頼る対症療法ではない治療をモットーとしておりますので」

言い慣れた文言を、蘭子はアナウンスのように述べた。

「あなたの背中を押せる一曲になるといいのですが……」

長閑は少しはにかんで、蘭子に書斎から音源を取って来るように指示をした。すぐに戻って来た蘭子の手元にあったのは古ぼけた一枚のCDだった。

「ソニー・ロリンズの『フリーダム・スイート』です。ジャズに詳しい美菜さんなら、ご存知ですよね？」

「は、はい、何度か聞いたことはありますが……」

蘭子はコンポにCDを入れ、音楽を流す。少し気怠いサックスの音色が流れてくる。

ソニー・ロリンズは一九五〇年代から一九七〇年代頃に活躍したアメリカのテナー・サックス奏者だ。

「ソニー・ロリンズは『ジャズに人種的・社会的な視点を持ち込んだ初期の一人』と言われ

ています。実際、この『フリーダム・スイート』も、人間の自由を訴えているようにも取れますが、黒人差別を非難する意味合いも強かったといいます」

美菜は流れて来る『フリーダム・スイート』を聞きながら、「はぁ」と要領を得ない相槌を打つ。それが自分と何の関係があるというのか。

「ソニー・ロリンズは、そういった差別と闘う手段の一つとして、ジャズを演奏していた。そういう側面もあったんです。だからね、自由を得るためには闘うことも必要なんですよ」

『フリーダム・スイート』の演奏が途切れる。蘭子が演奏を止め、CDを取り出し、美菜に手渡す。

「本当に自由がほしいなら、闘わなければ」

温厚な長閑とは思えない言葉だが、満希はトイレの中で耳をそばだてながら、自分の心に刺さるものを感じていた。退屈だと不満だけ述べて、立ち向かおうとしなかった自分自身に。美菜も、もしかしたら母親と正面から向き合うことから、逃げているだけなのかもしれない。

「自由を求めてジャズを通して闘う。この曲を聴くことで、その姿を美菜さんにも見て頂きたくて」

「ソニー・ロリンズと同じ……ジャズを通して、自由のために闘う……」

美菜は膝元にあるサックスに目を落とした。練習に練習を重ね、手になじむそれが、ずっしりと重くなり、自分の身体の中に入って来そうだ。

「それは……誰かを傷つけることになりませんか?」

「傷つけることは争いです。争うことと、闘うことは違う」

美菜はハッと長閑の顔を見た。

「……一曲処方してくださって、ありがとうございます」

美菜はサッと立ち上がると、サックスを楽器ケースにしまい始める。「ありがとうございました」ともう一度深く頭を下げると、慌ただしく診察室を出る。

「家に帰って、母に言います」

「何を?」とは、長閑は言わなかった。ただほんわかと微笑みを浮かべている。

「本当にありがとうございました!」

美菜は勢いよく扉を開けて、のどか音楽院を後にした。

背中に背負った楽器ケースが、美菜の身体にぴったりとくっついている。満希は慌ててトイレから受付に戻って来て、夢を背負った後ろ姿を、眩しいと思いながら見送っていた。

自分にもあういう夢ができるといい。ああいう輝きを持てるといい。彼氏とラブラブで友達も多くて、リア充で、夢もあって、……けれど美菜にも悩みはあった。

「満希ちゃん、初の周辺調査おつかれさま」

診察室から出て来た長閑は、今朝、満希が買って来た三ツ矢サイダーを飲んでいる。

「先生こそ、おつかれさまでした。さすがですね」

「さすが？」

「美菜さんの悩みが解決したみたいで良かった。先生のおかげで」

「俺のおかげじゃないよ、音楽のおかげ」

長閑はもう一度サイダーを飲み、少し噎《む》せる。毎日飲んでいるくせに、あまり得意ではないようだ。


その後、都内にある高級レストランで、美菜が演奏しているジャズを聴きに行ったことがある。喝采に包まれ、笑っている美菜は勇ましくも凛々しい戦士のように見えた。

SONG 3

心の中に流れているメロディは、いつでも聞こえる。

真田堀を散歩していても、スーパーで買い物をしていても、四谷図書館にいても、床屋にいても歯医者にいても、人がいる限りは何らかの音楽が聞こえてくるらしい。

聞こえる曲もバッハから松田聖子までジャンルは様々。集中した方がよく聞こえるけれど、すれ違うだけでもメロディは漂う。聞こえ方も小さかったり、大きな音だったり、人により、人の気分により異なる。

前に電車に乗った時は、自分を挟み左右の座席にいたサラリーマン二人から、一方はベートーヴェンの『第九』がオーケストラの合奏で、もう一方はゲゲゲの鬼太郎の主題歌が聞こえてきたとか。

「それってうるさくなぁい?」と満希は長閑に問うたことがある。「私なら頭痛くなるわ」と言うと、長閑は「そんなことはないよ。みんな本当に生きてるんだなぁと感じるから、結構面白いよ。……あぁ、生きてることなんて当然なんだけどね。でもほら、電車で隣合った人のことなんて、普通は気にも留めないでしょ? その人が何を考えてるのか、どんな想いで生きてるのかなんて、いちいち考えたりしないけど、俺はいつでもそれが実感できるんだ。それって素敵なことなんじゃないかな」と飄々と語った。

のどか音楽院の書斎で、満希は書棚を整理している。その後ろで、長閑はCDの仕分けをしていた。

もうすぐ日が暮れる。外に出れば、夏の終わりらしく涼しい風が吹き、物寂しい夕暮れが空を彩っているだろう。

夏休みは一ヵ月前に終わった。その間に長閑たちが「周辺調査」まで行った難解な患者は大川美菜だけで、その後四十人近い来院は有ったが、殆どは心のメロディを聞くことで解決していた。

再び高校が始まった満希は、日中は真面目に登校し、土曜日の診察と放課後にだけ音楽院でアルバイトを続けている。

「先生の言っていることって、分かるようで分からないんだよね」

長閑は「あはは」と屈託なく笑い、「でも時々ね、心のメロディが聞こえてこない人がいるんだよ。流れてない人」と続ける。

「聞こえない人って、どんな人？」

「明言はできないけど、すっごく忙しい人か、元々情緒とか感性が乏しい人かと」

情緒や感性に乏しい人と言えば、頭に思い浮かぶのはただ一人だ。今は受付で滅多に来ない患者のために番をしている。

「友近さんだ！」

「えぇ？　友近？」長閑はとても驚いた様子で「友近は違うよ。別に機械みたいじゃないだろう」

そう言われても、俄かに同調はしづらい。そうか、先生には蘭子がマシーンには見えていないのか。びっくりだ。満希は長閑と自分の見ている景色が、身近なものでも違うことにも驚いた。

「じゃあ友近さんの心のメロディは何が流れてるんですか？」

「聞かないようにしてるから、分からない」

長閑曰く、蘭子の心のメロディは蘭子から「聞かないでください」と釘を刺されているため知らないらしい。「聞かないようにする」ことはとても難しいが、聞こえそうになったら実際の音楽を聞いたり、誰か違う人の心のメロディに集中すると聞こえなくなるとか。

「どうして友近さんは聞かないでほしいんですかね？」

「さぁ」

「さぁって……そこ気になりませんか？」

「職場にプライベートを持ち込みたくないんじゃないか？　昔からそうだったし……」

昔から、か。そう言えば長閑と蘭子はどこで知り合い、どういう経緯で一緒に働いているのだろうか。夏休みの間、あれほど暇だったのに、二人のことは詳しく知らない。灯台下暗しだ。来るかどうかも分からない「特殊な事情を持った面白い患者」を待ち望み過ぎて、身近な人のことを聞かなかった。

……いや、聞きづらかったと言った方が正しいかもしれない。書斎机の抽斗にある靴下のことは、もちろん気になったが、一度しまい込まれたものを、きっかけもなく明るみに出すことは軽率に思えた。

「先生、診察室へお越しください」

そこへ、蘭子が扉を開けた。淡々とした所作に声に顔つきに……満希にはやっぱりマシーンのように見える。

「患者さんがいらっしゃいました」


夕刻、のどか音楽院にやって来たのは、オフィスカジュアルのスーツをビシッと着こなし、高いヒールを履いた女性。望月祥子《もちづきしょうこ》、三十五歳。この近くの総合商社で働くOLだという。アイラインは引いていないようだが、キツイ目元で化粧っけがない。黒髪ショートヘアのボブは、一見して「デキる女」感を醸し出している。

「問診は結構なので、薬をください」

祥子は診察室にカツカツと入って来るなり、問診票を長閑の目の前の診察机にバシンと置いた。そこには何も書いていない。

長閑と蘭子（とトイレに潜んでいる満希）は、祥子の態度に一瞬茫然とする。

祥子はシャネルの腕時計を見て、ヒールの尖った爪先を何度も地面に叩きつけている。

「早くしてください。忙しいので」

「薬とおっしゃいましても、症状をお伺いしなければ、処方することはできないのですが」

祥子の早口に反し、長閑はゆったりとした口調で返す。

「胃痛です。胃薬を処方してください。市販の薬は効かなかったので、強めのやつをお願いしますね。効かないなら来た意味もないので」

「市販の薬は効かなかったんですか？」

「えぇ、何日か飲んだんですけど」

「胃痛が起こる原因などは……」

「特にないです」祥子は一蹴して、「明日も大事な商談があるので、即効性のある薬をください。あ、失礼」

祥子のスマホに着信が入る。「責任者は私です。全ての行動は私に了承を得てからにしてください。常識ですよね？」と何やら仕事に関することを話し始めた。

長閑は困ったように微笑む。祥子はここが特殊な病院であることを知らないで来たのだ。こういう患者には言われた通りに薬を処方してしまうのが手っ取り早いが、「市販の薬は効かなかった」という祥子の言葉が気にかかる。薬局の薬と、病院で処方する薬で、効能が劇的に変わるということは少ない。

つまり、市販の薬が効かないということは、祥子に合っていない薬だったのか、内臓的な不調ではない可能性が考えられる。

「すみません、すぐに会社へ戻らなくてはいけなくなったので、薬だけください」

「望月さん、そうは言ってもですね、こちらも診察をしないで薬を処方することはできないんですよ」

長閑は諭すように言った。だが、祥子は再びシャネルの腕時計に目をやり、

「いいから薬をください。時間がないんです」

「無理を言わないでください」

祥子のキツイ眦《まなじり》が長閑をねめつけるが、長閑は受け流すように微笑んでいる。

「……分かりました。多少時間のある時にまた来ますから、その時に診察をお願いします。手短に」

祥子は黒革のカバンを肩に掛け、カツカツカツと踵を鳴らして診察室を出た。受付にやって来た祥子だが、そこに誰もいないので「お会計お願いします！」と甲高い声で叫んだ。

満希は急いでトイレから戻って来たが、既に蘭子が受付に立っていた。

「本日のお会計は結構です。お時間がある時に診察にいらしてください。……時間がたっぷりある時に」

蘭子の冷たい視線に、祥子は気づいていない。祥子は再び掛かって来た電話を肩で挟み、分厚いシステム手帳に何かメモを書きながら、一応の会釈だけして音楽院を出て行った。

「満希さん、どちらにいらっしゃってたんです？」

蘭子は溜息を吐くと、矛先を満希に向ける。

「と、トイレに行きたくなっちゃって……」

怖々返したが、蘭子は「そうですか」とさほど気に留めてはいないようだ。

「それにしても、非常識な患者ですね」

診察室に戻り、蘭子は苛立ちを見せる。満希は（盗み聞きをしていたので分かっているが）

「どんな人だったんですか？　心のメロディは？」と興味津々に聞いてみる。

長閑は思案気に毛糸を手繰っている。

「聞く時間もありませんでしたよね？」

長閑は「聞く時間はあったけど……」と語尾を濁らす。

「あったけど？」

「何も流れてなかった」長閑は編み物をしていた手を止める。「うん、やっぱり何も流れてなかったよな」と確認するように独り言ちた。

「さっき満希ちゃんに話した患者さんが来たよ。心のメロディがない人」

「早速お出ましですね！」と楽しそうに口走ると、蘭子が咳払いする。あなたの好奇心を満たすために患者の個人情報を教えているのではないのですよ、と。その鋭い視線を受けて、満希は声を抑える。

「じゃ、じゃあもしあの人がまた来ちゃったら、先生大ピンチですね。患者さんの悩みを聞く手がかりが一切ないわけだし」

「精神的な不調とは限らないのでは？」

「でも市販の薬が効かなくて、慢性的な胃痛ってことは、やっぱりストレスや不安感から来てるとは思うけど……」長閑はどこか寂しそうに目を伏せる。「それよりあの人はもうここに来ないんじゃないかな」

「確かに、すぐに薬をもらえる病院へ行きそうですね」

「良かったじゃないですか。来られても、悩みは解き明かせないですもん」

「でも……何か悩んでいることは確かなのに。そんな人が目の前にいたのに、何も力になれないなんて……」

いつもお気楽に笑っている長閑は、時々こんな風に瞳を翳らす。そういう表情を見ると、少しドキッとする。温室育ちのお坊ちゃんに見えていた長閑が、急に哀愁を帯びた大人に感じるからだ。

「先生……」

その長閑に驚くのは自分だけではないらしい。普段口の端一つ動かない蘭子も、この時ばかりはマシーンではなく、少し頬を赤く染め、人間の、もっと言えば女の子の顔になる。

「また来てもらえたら、今度は集中して心のメロディを聞いてみるよ」

長閑は微笑んだが、やはりどこか寂しそうな目元をしていた。

来ないかもしれないと思われた祥子は、時間を空けずにやって来た。

初めて来院した日から一週間後の水曜日、夕方。またもや満希がアルバイトに入っている時であった。

「大丈夫ですか？　望月さん」

扉を開けるなり、受付にいた蘭子が驚くほど、祥子の顔色は青ざめていた。糊のきいたスーツ姿なのは同じだが、前回はカツラのようにセッティングされていた黒髪も乱れ、化粧の薄い頬には冷や汗が流れている。

「い……胃薬をください……」

祥子は顔を歪ませて、腰を深く曲げている。そう言えば母親も胃が痛い時は直立できないと苦しんでいたことを思い出す。

「中のベッドで休んでください」

祥子の声が聞こえたのか、長閑も診察室から出て来て、肩を貸す。その背後から蘭子が背中をさすり、三人は診察室へ入って行った。

こんな風に痛みを訴えて来院した患者は、アルバイトになってから初めてだ。ようやくシリアスな展開になった！　とワクワクする気持ち半分、苦しそうに唇を噛んでいた祥子が可哀想な気持ち半分で、どうしていいか分からず、暫く受付に佇んでしまった。長閑と蘭子が患者らしい患者に接している間は、バイトである自分の使命はしっかりと受付を守ることだと意気込み、意味もなく仁王立ちで立っていた。

診察室の方からは、長閑と蘭子の声が聞こえる。内容までは分からないが。

「あ！」

しかし、ここでは診察室の様子が分からない。満希は駆け足でトイレに向かった。

「薬を飲まれましたか？」

長閑はベッドに伏せる祥子の傍らに立っている。蘭子はスーツスカートの裾を気にしている祥子の足元にタオルを掛けて、額に流れる冷や汗をガーゼで拭う。その動作は機敏で手慣れている。

「はい……朝食の後に……」

いつもは一日三食後に市販の胃薬を飲んでいると言うが、今日は社内での打ち合わせが延び、すぐに取引先の会社へ向かわなければならなかったため、昼食を食べていないという。なので薬も飲めていない。

「昨日食べた物などで、胃が痛くなる原因になるものはありますか？　例えば、冷たい物や脂っこいものを食べたとか」

「いいえ、最近胃痛がひどかったので、気をつけてましたから……。夕食は温かいうどんを食べただけです……」

「となると、食べ物の所為じゃないですね」

長閑は「ふぅ」と溜息を零《こぼ》して笑った。

「痛み止めの薬を服用するために、何か口に入れましょう。胃の中に何もない状態なのも、胃痛時にはあまりよくありませんし」

「お粥でも買って来ましょうか？」

蘭子は祥子の首元まで留めてあったワイシャツのボタンを外す。

「望月さん、食べられそうですか？」

「はい……お腹は……空いている気もします……」

返答が戻って来るなり、蘭子は診察室を出る。満希は「ヤバイ」と思ってトイレから戻ろうとしたが、間に合うわけもなく、「満希さん？」と蘭子が満希の姿を探してから、受付に戻って来た。

「どこに行かれてたんですか？」

「ちょっとトイレ」

平常を装って返した。だが、蘭子は不審げである。

「……コンビニでレトルトのお粥を買って来てください」

「は、はーい……」

蘭子に疑われたらごまかせる気がしない、どうしよう……。と思いつつ、コンビニに走り、お粥を買って駆け足で戻った。

受付に蘭子が待っているかと思ったが、診察室にいるようだ。診察室をノックする。すると中から長閑の声が聞こえた。

「二階に上がって、そのお粥を温めて来て」

「は、はい」

二階ということは、長閑の自宅だ。そこでお粥を温め、診察室に持って行く。中に入ると、蘭子が「お粥はそこに置いてください」と診察机を示す。患者さんがいる時に初めて中に入れたことに「やった！」と心の中でガッツポーズをしたが、祥子はカーテンで仕切られたベッドで寝ていて、長閑も蘭子も中で何やら話しているようだ。

お粥を置いた後、何喰わぬ顔をしてその場に立っていたが、カーテンがサッと開き「用が済んだら受付に戻ってください」と言いつけられてしまった。

それから一時間は経ったであろうか。

大分顔色の良くなった祥子が「今日はご迷惑をお掛けしました。また来ます」と音楽院を去って行くまで、満希は受付に立っていた。祥子が開けた扉の外は、すっかり暗くなっている。

トイレには行かなかった。万が一また蘭子が受付に来た時、自分がいなければいよいよおかしいと思われる。

なので「随分夜も遅くなっちゃたね。帰らなくて大丈夫？」と長閑は心配したが、「大丈夫です！　ママにはメールしたので。それより望月祥子さんのことをお聞かせください！」と息巻いた。

結論から言うと、心のメロディはやっぱり聞こえなかったらしい。あれだけ近くにいても聞こえないのだから、おそらく「ない」のだ。

　お粥を食べた祥子は痛み止めの薬を飲み、二十分ほど仮眠を取った。目が覚めてからは胃痛もなくなったようで、長閑も診察を始めることができたのだが、胃痛の原因は分からなかった。

「最近、何かストレスに感じることでですとか、不安はありますか？」と問うと、

「会社で大きなプロジェクトを任されてますから、緊張感などはあります。いい意味ですが、それがストレスと言えばストレスですね」

　祥子はテキパキした口調で言った。

「そうですか。それ以外には？　仕事関係じゃなく、何か個人的なことで」

「個人的なことですか」。一瞬、考える素振りをしたが「特にありません」と答えた。

　長閑はその一瞬の思案が気になり、「どんな些細なことでも構わないのですが」と促すようにしたが、「それより先生」と祥子は敢えて話題を変えた。

　今日も商談の前に胃が痛くなり徐々に悪化してきたという。気力で最後まで平静を保っていられたが、これを繰り返すようでは、仕事に差し障りがあると訴えた。

「食事に気を付けて、睡眠も取っています。薬だってちゃんと飲んでるのに、……本当に困ってるんです。先生、どうにか効くお薬を出してください」

　そうは言われても、おそらく精神的なものから来る身体の不調だ。薬だけでは治せない。悩みを解き明かし、自分自身で向き合っていかなければ、どうにもならないのだ。そのことが分かっている長閑は「どうしたものか」と考えた。頼みの綱の心のメロディも聞こえ

ない。

「とりあえず胃薬と痛み止めを処方しておきますが、何度か通院して頂けますか？」

「はい、しっかり治したいので」

現状でできることは、医者として薬を処方することだけだ。だがそれだけでは、祥子の病状は良くならない。

「必ず、また来てくださいね」

普段なら来院を強いたりしないが、今回ばかりは念を押した。祥子が薬に頼り、根本的な解決ができないまま、胃痛に苦しみ続けてしまうことを危惧した。


「で、望月祥子さんはまた来てくれるみたいですけど、どうするんですか？」

診察室のイスに座り、満希は言った。

「それなんだよねぇ」

長閑は朝に買って来たフルーツ炭酸なるものを飲みながら、「う～ん……」と悩む。

祥子には何か悩みがあるようだ。だが、それを話す気配はないし、胃痛の原因がそこにあるとも思っていない。更に心のメロディも聞こえないのでは、八方塞がりではないか。

「別のお医者さんを紹介するとか？」

「それは最終手段だね。その前に一つ、試したいことがある」長閑は屈託なく笑い、「望月さんからメロディが聞こえないなら、親しい人のメロディを聞いてみよう」

祥子の悩みを知っている人がいれば、その人の心のメロディを手掛かりに祥子の苦悩に辿り着けるかもしれない。

「家族、恋人、友達辺り？　ただ祥子さんは一人暮らしで、ご家族も九州の方にいるらしいから、恋人か親友かな」

「恋人とか、親友がいるんですか？」

聞くと、長閑は高校生みたいにあどけない表情で笑った。

「それを調べるのが、満希ちゃんの役目でしょ」

「……え？」

宮島満希、晴れて二回目の「周辺調査」を行うことになった。

以前の周辺調査は夏休みで、時間があったし、相手の美菜は大学生だったので「大学への潜入」という方法がすぐに思いついた。だが今回はバリバリのキャリアウーマンの調査だ。働く女性の生活はうまく想像できない。

「とりあえず、……待ち伏せよう！」

祥子の勤務先を教えてもらった満希は、お家芸の待ち伏せ作戦を実行することに。会社は麹町のオフィス街にある。大通りに面した全面ガラス張りの高層ビルで、近くには皇居のお堀があった。

祥子が音楽院を訪れるのは決まって水曜日だ。なので仕事を早く切り上げられるのがその曜日なのだと踏み、水曜日の十七時からオフィス入口で祥子を待ち伏せることにした。

入口近くにある植込みの段差に腰掛けて、満希は何度も開く自動ドアを眺める。しかし祥子らしい人物は現れない。出入りするのはスーツ姿のサラリーマンばかりだ。

美菜の時とは違い、制服姿でいては目立つと思い、一度高校から市ヶ谷の自宅に戻り、黒い揃えのスーツに着替えて来たが、これがどうにも動きづらい。去年祖母がなくなった時の喪服として買ったもので一度しか着ていないから、着慣れていない所為もある。

「これじゃあ望月祥子を見つけても追いかけられないじゃん……」

タイトなスカートに、ヒールのあるパンプスでは走れない。窮屈な格好に溜息を吐いて、再び会社の入口に視線を戻す。

「あ！」

するとどうだろう、腕時計を気にしながら、カツカツと音を立てて出て来る祥子の姿が。目の前を通り過ぎる時にサッと顔を伏せ、前方を歩く祥子を追った。

「ラッキー！」

こんなに簡単にターゲットを見つけられるなんて、と喜び勇んで後を追いかけたが、祥子は今日も時間に追われているのか、随分と早足だった。帰宅ラッシュで有楽町線の麹町駅に向かう人込みとは逆に、皇居の方へと歩いていく。高いヒールの音を景気よく鳴らし、人の間を擦り抜けて行くのに反し、満希は慣れないスーツと靴に、向かって来るサラリーマンたちに「あ」「ごめんなさい」と謝りながら、不慣れに進む。

何とか姿を見失わないように後を尾ける。すると祥子は三階建ての雑居ビルの中へと入って行った。コンクリートが剥き出しで、築三十年くらいの古い建物だ。一階は歯医者のようだ。看板に「デンタルクリニック」とあり、二階は「美容サロン」、三階は「結婚相談センター」と書かれている。祥子はこのどれかに入ったことになるが……。

満希は再び、雑居ビルの真向いの路地で待ち伏せする。

三十分くらい経ち、祥子は出て来た。だが一人ではない。若い男性と腕を組み、肩にしなだれかかっている。「んん!?」と満希が驚いたのは、ほぼ素肌だった祥子がバッチリ化粧をしていたことだ。アイシャドウにチークに口紅をして、一瞬別人かと思えるほどニコニコしている。会社を出て来た時はそうではなかった。い、いつのまにと満希は驚く。

隣を歩いている男性は随分と若く見える。おそらく恋人同士であろう祥子には悪いが、下手すれば親子にも見える。男性は細身で茶髪。襟足が長い。顔は整っており、「ジャニーズ事務所に応募してみたら?」と勧められるような甘いマスクだ。

「あれが望月祥子さんの恋人……?」

正直、並んで歩いている姿には違和感がある。年齢差もそうだが、きっちりスーツの祥子に、ダボダボなパーカーとジーンズを履いている男性。二人の後を尾けながら、満希はチグハグした印象を感じざるを得なかった。

「けどね、すっごいラブラブみたいだったの」

のどか音楽院に戻った満希は、「周辺調査」の報告を長閑にしていた。

夜の九時を過ぎている。音楽院は閉まっていたので、二階の自宅へと押しかけた。てっきり長閑一人かと思いきや、そこには蘭子の姿もあった。時々仕事終わりに食事をするのだとか。突然やって来た今日も、テーブルの上には二人分のハンバーグが並んでいる。蘭子は満希の姿を見ると、猛吹雪のような視線を送ったが、「このハンバーグ、友近が作ったんだけど、すごくおいしいんだよ。満希ちゃんも食べる？」と長閑がキッチンに行くと、「そ、そんな……」ともじもじしながら俯いた。

蘭子の手作りハンバーグを食べながら、満希は祥子と若い男性のことを話す。

雑居ビルから出て来た祥子たちは、近くのダイニングバーに入って行った。一応バーなので高校生の満希は中に入りづらく外で待機していたが、丁度祥子たちが窓際の席に着いたため、二人の様子を伺うことができた。

「ずっとニコニコしてて、楽しそうでした。男性の方も祥子さんの手を握ったり、テーブルの下で足をつついたり、ラブラブな感じでしたよ」

美菜の時といい、周辺調査をするとラブラブなカップルを見ることになる自分の運命を呪いながら、満希は報告をする。もちろん自分も田中とラブラブだ、ラブラブなはずなのだ！　浮気はされていないのだから!!

「そのビルには結婚相談所が入ってるんだよね？　男性はそこで出会った人なのかな」

長閑の頬は少し赤い。テーブルにはビールの空き缶が三つ置かれているので、少し酔っているのだろう。

「おそらく」

ハンバーグのポン酢は蘭子の手作りだという。柑橘系の酸味が強く利いていて、肉汁のたっぷり詰まったハンバーグがさっぱりと食べられる。おいしいけど、うちのママには敗けるわね、と思いながら、

「だから今の祥子さんに一番近しいのは、その人だと思うよ」

「じゃあその男性の心のメロディを聞いてみよう」

長閑はグラスにあったビールを飲んで、

「水曜日に行けば会えるかな」

「土曜日も開院しているのに、ここにいらっしゃるのも水曜日ですから、祥子さんの都合の良い曜日なのかと」

蘭子は食べ終わると、キチンと手を合わせて「ごちそうさまでした」と言葉にする。

「じゃあ次週その相談所に俺も行ってみるよ。すれ違えれば、聞こえるだろうから」

「うん、案内するね！」

満希が頷き、蘭子が食器をまとめて席を立つ。

そこに、

「おーい!!」

突然、男の大きな声と、扉をドンドン叩く音が部屋いっぱいに鳴り響いた。

思わず飲んでいた味噌汁を噴き出しそうになり、蘭子は持っていた食器を落としかける。

「おーい!!　長閑、いるんだろ!?　居留守してもムダだぞ！　外から部屋に電気点いてんの確認したからな」

扉を叩く音は、ドンドンを通り過ぎてガンガンと聞こえる。

「え、誰？　何？」

満希はうろたえる。音楽院の経営が不振で、滞納していた賃料を徴収しに借金取りでもやって来たのかと思った。しかし、

「またアイツか……」長閑は頭を押えて、「せっかくいい気分で酔ってたのに」

「追い返しましょう」

蘭子は相変わらず冷静に、玄関へと足を向かわせる。

「あぁ、いいよ、俺が出るから」

そう言って、玄関へと向かった。

蘭子は自分の隣で深く嘆息して、食器を洗い場へと置きに行く。

玄関の扉を開き、長閑は「近所迷惑じゃないか。静かにしてくれ」と開口一番に言った。

どうやら借金取りではないようだ。「お前が居留守を使うからだろ？」とこれまた大きな声が聞こえた。滑舌よく、快活な声音だ。ドスドスと足音を立てて、こちらに向かって来る。

「非番の日にわざわざ来てやったんだから、ビールくらい飲ませろよ」

と言って姿を現したのは、恰幅のいい長身の男性だった。

「ん？」

男はテーブルに座って食事をしている満希と、洗い場にいる蘭子を見て素っ頓狂な声を上げた。男は身体の大きさに反して、つぶらな目をパチパチさせる。

「なんだ、女の子二人と住んでんのか!?」

年の頃は三十代前半くらいだろうか。くせっ毛なのか、毛先がツンツン跳ねている。

「そんなわけないだろう」

後ろから呆れた様子の長閑がやって来る。しかし、男は長閑の言葉尻を掻き消して、

「おぉっ、つうか、そこにいるのは友近じゃねぇか。元気か？」と蘭子を指差す。

蘭子は「元気です」と男の方を見ず、淡々と食器を洗っている。

「この子は？」

身体にぴったりとフィットしたTシャツとGパンを履いた男は、満希の前に座った。

「アルバイトの子だよ」

「アルバイト！　へぇ!!」

動作一つ一つが大仰だ。声も大きい。

男はご飯を食べている満希の手を強引に取り、握手をした。

「俺は久留麻《くるま》蓮二《れんじ》、三十四歳。長閑の元同僚だ。よろしく」

久留麻と名乗った男はニカッと歯を見せて笑った。満希も自己紹介と、年齢まで教えて

もらったので一応自分も「十七歳です」と付け加える。

「十七歳、若いなぁ！　また随分若い子雇ったんだな。最初お前の子供かと思ったよ！

いつのまにってさ。あははははは」

長閑はいつもの苦笑いもせず、「で、何か用か？」と立ったまま久留麻に問うた。

「ちょっと待て、その前に」

久留麻は口元で手首のスナップを利かせ、何か飲む素振りをする。

「ビール？」

長閑が呆れたように言うと、「一缶だけ」と久留麻は手を合わせた。

「申し訳ございませんが、生憎ビールは切れておりますので、水道水でもお飲みになって
お早めにお帰りください」と蘭子が突き放す。さっき麦茶を取った時、冷蔵庫の中には五本
以上の缶ビールがあったはずだけど。

「そうなの？　じゃあこの残りでいいや」

久留麻はグラスに残っていた長閑のビールを飲み干した。

「人の飲むなよ……」

「あぁ!?　これお前の飲みかけかよ！　友近のじゃないのか!?」

久留麻は「気色わりぃなー！」と言って大笑いする。すると突然背後から蘭子が缶ビー
ルを叩き付けるように置いた。あまりの衝撃に満希は肩を弾かせる。

「久留麻さん、こちらをどうぞ」

怒っている。普段感情の読めない蘭子だが、この時ばかりは目に見えて怒りを表していた。しかし久留麻はさして気にも留めず「サンキュー！」とプルトップを開けてビールを飲む。

満希は久留麻を新種の動物のように眺めた。自分は一人っ子で、父は横暴だが文化系の優男、彼氏の田中も細身のオシャレに気を遣ったりする系男子で、長閑も物腰柔らかだ。つまり周囲には久留麻のようなガサツにも思える男らしい男がいなかった。大きな口を開けて笑い、磊落《らいらく》な雰囲気があるので、「怖い」とは思わないが、どうにも慣れない人種である。

この人は一体誰なんだろう？

「あの、長閑先生の元同僚って……」

内心ドキドキしながら問いかける。

「ん？　医者だよ。医者。医大の学生だった頃からの親友なんだ」と隣に座った長閑の肩をガッと組んだ。その反動で、長閑は改めて注いでいたビールをグラスから零す。

「医者⁉　先生ってお医者さんだったの⁉」

「満希さん、何を言ってるんですか？」

洗い物を終えた蘭子は、満希の隣のテーブルに座り、正面で零れたビールを拭く長閑の布巾を取りあげ、代わりに拭き始める。

「今でもお医者様ですよ。心療内科医なんですから」

言われてみればそうなのだ。薬も処方するわけだし、医師免許がないはずがないのだが、「音楽院」なんて名前にしている所為もあり、「病院」と感じづらい。「精神病院と言うと、嫌厭してしまう人もいるので配慮した結果です」と蘭子は返す。しかも長閑が薬に頼らず、心のメロディを聞いて悩みを解決するなんて特殊能力を使っているから、更に「医者」と感じることが難しかった。けれど、そうか、やっぱりお医者さんなのか。

「俺は今でも医者だぞ。大正大学総合病院の救急医療科だ」

久留麻はあっという間に飲みきってしまった缶ビールを片手で潰す。食べ終わったリンゴの芯のようになった空き缶を見ながら、満希は「そうなんですね……」と相槌を打った。だがそう言えば、以前に長閑の「前職」を尋ねた時「さ……」と言いかけていなかったか？　医者なら「い」じゃないか。

「それで今日はお友達の長閑先生に会いに来られたんですか？」

怪訝に思いながら、満希が言うと、久留麻は「まさか」と大笑いした。

「俺が来たのはコイツを連れ戻すためだ」

「連れ戻す？」

「病院にな。こんな所で冴えない心療内科医なんてやってるのはもったいない。でかい総合病院で高度な医療行為を行うべきだ！」

病院に連れ戻す？　ということはこの音楽院を辞めるということか。ここでようやく、長閑も蘭子も久留麻の来訪を歓迎していない理由が分かった。

「だ、ダメです！」

満希は声を荒げた。

長閑がいなくなったら、また「退屈」な毎日に戻ってしまう。

「どうして？　コイツはな、こんなとぼけた顔して優秀な医者だったんだぞ。医大も首席から三番目の成績で卒業、研修医時代も五十人くらいいる中で大体四番目くらいに将来有望だった。手先が器用でな、チマチマした縫合とかが得意だったんだ。そういう手術は群を抜いて巧かった！　そんなやつが何で心療内科医なんだよ。いや、俺は別に心療内科医を見下してるわけじゃねぇよ？　だが長閑の実力が発揮できるのはここじゃない。お前の技術を別の形で多くの患者に還元するべきだ」

久留麻は熱く語った。

「だから、俺は長閑に医療現場に戻ってほしい。いや、連れ戻す気でいるんだ!!」

長閑は優秀な医者だったのか。首席から三番目とか、四番目とか、何かと一番になれないところはおっとりした長閑らしいが、久留麻の言う通りだとしたら、確かに巧みな技術を大きな病院で活かした方が良いのではないか。

「先生にその気はありませんから」

蘭子は久留麻の熱とは反対に、冷え切った視線を送る。

「友近には聞いてない」。久留麻は長閑に詰め寄った。「どうしても戻らないつもりか？」

「戻らない」

長閑はいつになくはっきりと言った。

「戻れないよ」

「あ」と満希は思った。また表情が翳った。時折見せる、闇の中にいるような真っ黒な瞳だ。長閑は続ける。

「もうメスは持てない。人の生死に関わる仕事はできない」

「……まだ四年も前のこと引きずってんのか？」

「四年前？」と聞き返したかったが、口を挟む余地はなく、久留麻は更に言い寄った。

「あれはお前の所為じゃない。最良の判断をするのは難しかったんだ。お前はできる限りのことをした」

「そうだとしても……」長閑は弱々しく微笑んだ。「もう戻れないよ。またあのメロディを聞くのかと思うと……」

「けど」と久留麻が更に畳みかけようとしたが、「いいかげんにしてください！」と蘭子が鋭利に叫んだ。「これ以上先生を困らせないでください」。マシーンではない。苦言というよりは、懇願するようであった。

これには流石の久留麻もバツが悪そうに口を噤む。「ところで、ハンバーグ余ってないの？　俺も食べたいんだけど」と切り替える。

一つ余っていたハンバーグと、もう一本缶ビールをもらう。それから久留麻は楽しそうにしゃべり続けたが、長閑を病院に連れ戻す云々の話は一切口に出さなかった。ただ一つ、

「そう言えば病院給食を作るおばちゃんがぎっくり腰で急に退職しちまって人員不足らしい。どうだ？　メスを持つのが怖いなら、お玉から始めてみたら」と持ち返したが、冗談らしく言ったので長閑も笑い、蘭子も特に取り合わなかった。

久留麻の話はどれも興味深いものだった。今まで出会った患者の話や救急医療の現場のことなど、上手なおしゃべりのおかげで楽しく聞くことができた。何よりも、普段とは少し違う長閑の友人に対する態度が新鮮であった。

夜の十一時近くになり、ようやく「じゃあ、そろそろ帰るわ。また来るぞ。諦めたわけじゃないからな」と部屋を出て行った。結局冷蔵庫にあった五本の缶ビールを全て飲み干している。

「もう夜も遅いから、送って行こうか」

長閑はいつもの温和な口調で満希に聞く。久留麻に対する接し方とは違う。

「大丈夫。市ヶ谷の駅からすぐ近くだし」

「じゃあ四ツ谷の駅までは」

言いかけた長閑を、蘭子が止める。

「駅までは私が送って行きますので、先生はお休みになってください。おつかれでしょう」

「そう？　ありがとう」

微笑みかけられて、蘭子はサッと視線を反らし「帰り道ですので、お気遣いなく」と返した。

長閑と別れを告げ、四ツ谷駅へ向かう道中、ホテルニューオータニと上智大学の間にある坂道を歩く。蘭子は少し疲れているようで、いつにも増して口数が少なかった。

蘭子に聞きたいことがたくさんあった。久留麻は蘭子のことも知っていたようだが、同じ病院で働いていたのだろうか？　長閑は病院には戻れないと言っていた。戻らないのではなく、戻れない。その他にも色々……。どこまで自分が突っ込んで尋ねていいことだろう。久留麻の言っていたことは、あの書斎の靴下と関係があるのだろうか？　図りきれず、満希も沈黙になる。

秋の訪れを告げる冷たい風が首元を通り過ぎて行く。

「あの、友近さん」

少し先を歩いていた蘭子が振り向く。髪飾りのイミテーションダイヤがキラッと光った。

「長閑先生て、昔何かあったんですか？」

蘭子は何も言わず、満希を見た。射抜くような視線だが、負けじと続ける。

「病院で……何かあって、今は四谷で心療内科医をやってるんですか？　……医療ミスとか……」

言下に、蘭子は「違います！」と叫んだ。「医療ミスなんて、そんな軽々しく言わないでください！」

言葉の選択を間違えた。こんな風に感情的に怒られたのは初めてだ。満希の口からは自然と「ごめんなさい……」が零れた。

それから四ツ谷駅に着くまで、蘭子は一言も話さず、満希も話しかけることはできなかった。二人きりになれたら聞いてみようと思っていたことも、こんな雰囲気では切り出すことはできない。「長閑先生のこと好きなの？」なんて……。


望月祥子の恋人らしき男性と接触したのは、それから一週間後。

水曜日の夕刻、長閑を結婚相談所の前まで連れて行くと、丁度その若い男性が煙草を吸いながら雑居ビルの脇に立っていたのだ。長閑は何気なく前を通り過ぎる。

「どうだった？」満希の元へ戻って来た長閑に尋ねる。

「『シェリーに口づけ』だったよ」

長閑と満希はすぐに音楽院に戻り、書斎に入った。

長閑はパソコンで『シェリーに口づけ』を流し、満希は洋楽に関する書籍を探す。

「『シェリーに口づけ』ってラブソングでしょ？　好き好きシェリーさんっていう……」

「そうだね、俺もそれほど詳しくないけど、ラブソングはラブソングだと思うよ」

パソコンからメロディが流れて来る。思わずリズムを取りたくなるような軽妙な音楽だ。

この曲が心のメロディとして流れていたということは、あの男性は絶賛恋愛中で、『祥子さん大好き』ということだろうか？

「これよりスローペースには聞こえたけど……。大体同じ感じかなぁ。となると、恋をしている男性の気持ちの曲だから、祥子さんとの仲はうまくいってるってことだよね」

長閑は書斎のイスに座り、思案気に上を向く。

『シェリーに口づけ』は、フランスのポップス歌手の楽曲。ミッシェル・ポルナレフ作詞作曲。日本では一九六九年にリリースされたが、当初の邦題は『可愛いシェリーのために』であった……だってさ」

満希は書かれてあったことを読み上げたが、それだけでは何も分からない。これが祥子へ向けたラブソングなら、祥子を苦しめる「悩み」とは何なのだろうか？

「もう少し、あの男性のことを調べたいね。でなくちゃ推論もできないよ」

「でも、あの人がどこの誰だか一切分からないんだよ？　どうやって近づけば……」

「そうだよねぇ……」

そこへ蘭子がノックをして入って来た。「閉院時間になりました。おつかれさまです」。

今日の患者は午前中に近所のおばちゃんハマオカ様がやって来ただけだったので、おつかれも何もないが、蘭子は決まった文言を抑揚なく口にした。

「祥子さんの恋人のメロディはいかがでした？」

「『シェリーに口づけ』だったよ」と応える。

「ラブソングということは、祥子さんとの関係がうまくいってるということでしょうか」

「やっぱり誰でもそう思うよね」

長閑も満希も蘭子も、心のメロディからはそれ以上の手掛かりが得られない。「う～ん」と頭を抱える。

「それじゃあ、私もあの結婚相談所に登録して、祥子さんの恋人に近づいてみるとか？」

満希が言い出すと、「未成年は登録なんてできるのかな……」と長閑。「できたとしても、満希さんにそんなことをさせるわけにはいきません」と蘭子がピシッと言う。「それに、もう祥子さんと恋人関係なんですから、登録してもその男性とは近づけないのでは？」

そうかもしれないが、少なくとも結婚相談所の内部に入ることはできる。

「このままじゃ何も始まらないし、現段階でできるのは登録だけじゃん！」

満希は訴えるが、蘭子はあまり気が進まないようだ。

「結婚相談所って結構お金がかかるんじゃないですか？　入会金やら、月会費やら」

「でも、満希ちゃんの言う通り、俺たちが今できることはそれしかないと思う。とりあえず入会してみよう」

長閑がそう言うのでは仕方がない。方向性は決まったが、

「でも満希さんに入会させるわけにはいきませんよ。どうするんですか？」

「俺が入会する？」

「それはダメです!!」

蘭子は言下に否定した。

「先生じゃできることも限られてくるよ。男性に交際を申し込むこともできないでしょ？」

満希は口を尖らせる。

「そしたら、友近しかいないか」

蘭子は長閑に一瞥され、「え？」と調子っぱずれの声を上げた。

「友近が入会してみてよ」

長閑が暢気な笑顔を浮かべると蘭子は「私ですか……？」と目を白黒させた。

「丁度良いんじゃない？　望月さんのことが一件落着したら、本当に婚活として役立ててもいいじゃないか。良い人見つかるかもしれないよ」

「は、はぁ……。先生がそうおっしゃるなら……」

「うん、よろしく」

長閑はニコニコしているが、満希はハラハラしていた。蘭子は放心状態のようになって、「それじゃあ入会して来ます……」と覚束ない足取りで書斎を出て行った。今から結婚相談所に向かうのだろうか？　蘭子は長閑のことが好きなんだろうな、となんとなく思う。それと同時に、蘭子の心中を察すると、なんとも可哀想な気持ちになった。


【若狭真守《わかさまもる》24歳。職業は自営業。年収は350万。最終学歴は都立商業高校、次男。趣味はフットサル。休日は代々木のフットサル場によく行きます。明るく優しい女性がタイプです。少し甘えたがりなところがあるので、年上が好みです！（笑）】

結婚相談所に入会した蘭子は「祥子の恋人らしき男性」の情報を早速入手した。結婚相談所に入会すると、自分の担当スタッフが付くらしい。そこでまずはカウンセリングを行い、会員の中からマッチングしそうな相手を紹介、その後双方の了承を得られれば初デートという流れになるそうだ。

　多くの会員がいる中、「祥子の恋人らしき男性」の顔（満希が写メで撮った）だけしか知らなかった蘭子が、ピンポイントで若狭の情報を得られたことには驚いた。担当スタッフから「この方はいかがでしょうか？」と三番目に紹介されたのが若狭だったらしい。

「とにかくイケメンと推しました。職業や年収の条件は一切ないから、相談所で一番のイケメンにしてください。と言ったら若狭真守が出て来ました」

　診察室で長閑と満希を交え、蘭子は真顔で話す。蘭子の口からイケメンと出て来るのが可笑しくて、長閑も満希も声を上げて笑った。

「そんなに笑わなくても……」

　蘭子は恥ずかしそうにぼやく。

「友近が年上だったのも良かったのかな。甘えさせてくれそうな雰囲気もあるし。お互いの好みが合ってるから」

　笑いながら、長閑は若狭のプロフィールを見る。

「女に甘えたいなんて言ってる軟弱な男は、こちらから願い下げです」

「そう？　男だって時には女性に甘えたいと思うけど」

「えっ」

　蘭子は顔を真っ赤にして「と、時々なら、話は別です……」と弁解していた。その様子が可笑しくて満希はまたゲラゲラと笑う。

「そんなことより、問題はそこじゃありません」

蘭子は満希の笑いを吹き飛ばすように、大きな声で言った。

「この詳細なプロフィールをもらうには、双方の合意が必要なんです。つまり、若狭真守の方も私に興味がなければ了承しないはずなんですよ」

「祥子さんがいるのに？」

おそらく祥子も結婚相談所に入会し、担当スタッフから若狭を紹介されたのだろう。そこで簡単なプロフィールを見せられ、マッチングがうまくいったから実際会っているわけで、もしも簡易プロフィールの段階でどちらかがNOだった場合、会うことはできない。

「そこなんです。若狭真守は祥子さんとデートをしながらも、私と会っても良いと言ってるんです」

「まだメールなどは来ていませんが……」と蘭子がスマホを取り出す。「あ、着信がありました。……メールも！」

早速若狭の方から連絡が来たようだ。「どれどれ？」と満希が蘭子のスマホを覗き込む。

【友近蘭子さん　初めまして。若狭真守です。担当さんから蘭子さんの連絡先を教えてもらってすぐ、嬉しくて電話しちゃいました（笑）。僕に声を掛けてくれてありがとう。僕も蘭子さんのプロフィールを見せてもらってぜひ会いたいと思いました。早速ですが、今度の日曜日に出掛けませんか？　どこへ行きたいですか？　希望を教えてください。それを踏まえて、プランを立てます！　若狭　P.S.　プロフィールの写真見ました。蘭子さんとてもおキレイですね。こんな人が結婚相談所にいたなんて、信じられないです（笑）】

と、メールには書かれていた。

「俺にも読ませてくれる？」

満希の頭が邪魔で画面を見られなかった長閑が、苦笑しながらスマホを受け取る。

「結構積極的な感じじゃなんだね」

結婚相談所で出会い、デートに誘う男性がどのようなメールをするものなのか、比べようもないので分からないが、文面だけ見ればかなり蘭子に好意を抱いているように取れる。

「ここの結婚相談所では、数回デートを重ねた後、お互いが了承したら本交際がスタートになるそうです。本交際前のデート段階では、何人の女性と会っても良いし、デートの回数も決まっていないそうですが、本交際が始まった後は他の女性と会うことができません」

そうなると、祥子と若狭もまだ本交際はしていないことになる。

「えーでも、普通のカップルに見えたけどなぁ……」

満希が観察していた祥子と若狭は、ちゃんと付き合っているカップルに見えた。

「けど本交際じゃなかったようですね」

「ってことは、本交際になりたいけど、若狭さんが了承しないのが祥子さんの悩み……？」

満希はオシャレなダイニングバーで、幸せそうな祥子の横顔を思い出した。確かに、祥子の方が浮足立っているようには見えたけれど、若狭の方も同じ空気で接していたと思う。品定めをしているようには思えなかった。

「蘭子さんとてもおキレイですね」

不意に、長閑が言った。

「えーー」

蘭子は長閑を見詰めたまま硬直する。

「いや、メールの追伸さ、何だか気恥ずかしいね。人のラブレターを勝手に読んじゃってるみたいで申し訳ないよ」

含み笑いをしながら、長閑は蘭子にスマホを返す。蘭子は無言でそれを受け取り、顔を真っ赤にして言葉を失っている。

端から見ていると、蘭子の心の中が手に取るように分かる。「先生が名前で呼んでくれた！しかもおキレイですね、なんて!!」と心中では大興奮なのではないだろうか。普段はポーカーフェイスの蘭子も、長閑のこととなると途端に分かりやすくなる。その様子が可笑しくて、満希は「ふふふ」と笑いを漏らした。

祥子の「悩み」も若狭の心のメロディが「シェリーに口づけ」である理由も今の段階で

はよく分からない。引き続き蘭子は若狭と接触を図ることになった。

初めてのデートは水族館に決まり、品川駅の高輪口で待ち合わせることに。現れた若狭は垢抜けた格好をしており、爽やかな雰囲気で、写真よりも数倍カッコよく見える。

「蘭子さん、今日はどうもありがとう。暑くなかったですか？」

と待ち合わせより少し早く来ていた蘭子に声を掛ける。

「大丈夫です」

気の利いたことは言えない蘭子を、若狭は緊張しているのだと思ったらしく、

「初対面ですからね。緊張するのは当然ですよ。僕も少し緊張してます。だから、今日はお互いのこと知れるように、いっぱいお話しましょうね」

はにかんでニコッと笑う姿がなんとも可愛い。そして自分の気持ちを素直に明かして、いっぱいお話しましょうね、なんて言ってくれるところも好感が持てる。これは祥子さんもメロメロになるわ……と物陰に隠れていた満希は思った。

満希と長閑は改札近くにある、大きな時計台の陰から、蘭子と若狭の様子を伺っていた。

「人のデートを盗み見するのは気持ちが良いものじゃないね……」

品川プリンスホテルに付随する水族館に向かう蘭子たちと、一定の距離を取りながら歩く。長閑は溜息を吐いた。

「そうかな、私は楽しいけど」。言いかけてハッとする。

「それって、友近さんが他の男性とデートしてるからですか？」

「いや……若狭さんは本気で結婚相手を探してるのに、こっちは調査目的だからさ、申し訳なくて……」

何だ、そういうことか。つまらないの。

「どうして友近が誰かとデートしてたらダメなの？」

「別にぃ～」と満希はテキトウに流した。


蘭子と若狭の初デートはつつがなく終わった。

水族館でイルカショーを観て、カフェでお茶をし、夜の六時には解散。

「今日は本当にすごく楽しかったです。また会ってくれる？」

若狭は大きな瞳で見詰める。特段イケメンが好きというわけではない蘭子だが、この整った顔でお願いされては、本当に結婚相手を探している女性ならイチコロだろうと思う。

満希たちと合流し、のどか音楽院に戻って来た後も、「モテますよ、あの人は」と繰り返していた。見た目だけでなく、話も上手で気遣いもできる。さりげなく服装を褒めたり、車道側を歩いたり、女性の扱いが巧い。最後には花屋でミニブーケを買って、プレゼントしてくれた。

「結婚相談所に登録しなくても、普通に相手が見つかりそうですけど」

書斎で話していると、蘭子のスマホが鳴る。若狭からのメールで「今日はありがとう。ドキドキしてあまりしゃべれませんでした（笑）。もっとお話したいので、また会ってください。少し早いけど、おやすみなさい」と書かれている。

「デート後にメールを送るのもポイント高いね」

満希がしたり顔で言うと、

「そういうものなの？」

長閑は微笑む。

「もちろん!!　マメなところも好感度アップだよ！」

力説するのを、長閑は苦笑しながら聞いている。しかし蘭子は、難しい顔をして黙り込んでしまった。

「友近、どうかした？」

「いえ……確かに若狭さんは感じも良くて、素敵な人なんですけど……妙に慣れてるというか……」

確かに別れ際に花束をプレゼントするとか、女慣れし過ぎている感はある。

「先生、今日も若狭さんの心のメロディは聞きましたか？」

「うん、やっぱり『シェリーに口づけ』だったよ」

「友近さんといても、『シェリーに口づけ』なの？」

てっきり祥子へのラブソングとして、『シェリーに口づけ』なのかと思っていた。しかし蘭子といても同じようだ。

「結婚相手を本気で探している若狭さんのBGMなのかな……」

呟く満希に、蘭子は変わらず眉間にシワを寄せている。

「もう少し若狭さんと会ってみます」

結局、それしか手段はなかった。

が、事態はまた大きく変わる。

若狭が蘭子と祥子以外の女性とも仮交際をしていることが分かったのだ。更に他の女性と会っている時の心のメロディも『シェリーに口づけ』であり、全員かなり年上であった。

一カ月の間に、若狭は七人の女性とデートをし、その間にも蘭子と祥子ともデートを重ねている。蘭子と会うのは日曜日の十二時～十八時で、祥子と会うのは水曜日の十八時～二十二時だという規則性まであった。その他に得た情報は、手帳の毎週土曜日のところに「午前：病院」と書かれていることぐらいだ。

目に入ってしまった「病院」という文字を問うと、若狭は挙動不審になり「あ、えと、歯医者だよ」と口を濁らす。蘭子はこの土曜日にも誰か他の女性と会っているのではないかと勘繰った。

これはやはりおかしいのではないかと思い始めた矢先、若狭から蘭子へ電話が入った。

「先生、大変です……。結婚を申し込まれてしまいました……」

受付のカウンターでカルテの整理をしていた蘭子は、柄にもなく動揺した様子で書斎に飛び込む。その時満希は不在だったが、長閑は毛糸で新たなる指人形を作っていた。

若狭から蘭子へ「僕との結婚を真剣に考えてくれませんか？」という一報が入ったのだ。

若狭は仮交際をした数多い女性の中から蘭子を選んだということになる。

蘭子がどうしようと慌てて、長閑も言葉を失ってしまったのは、祥子のことが頭を過ったからだ。若狭が蘭子を選んだということは、祥子へは「ご縁がありませんでした」という一報が行くはずだ。祥子のことを想っての行動が、結果として恋人を奪った形になる。

「た、多分私が不承認を示せば、若狭さんは他の女性に結婚を申し込むと思いますが……」

だがもし、若狭が蘭子に本気になってしまっていたら、話は別だ。

「どうしましょう……」

「最悪の事態になったら若狭さんには事実を話して謝罪するよ。もちろん祥子さんにも」

いつになく真剣な表情の長閑に、蘭子は内心、こんな一面もあるのかと鼓動が早くなる。いつも笑っているから幼く見えていたのかと、凛々しく見える長閑の横顔を恍惚と見つめた。

だが、更に話は複雑になる。

数日後、暫く来院していなかった祥子が音楽院を訪れた。多忙の中、昼休みを利用してやって来たのだという。

てっきり長閑も蘭子も、祥子が「フラれました……」と意気消沈して現れるのかと思いきや、「最近は胃痛も治まっています。先生のおっしゃる通り、精神的なものから来ていたのかもしれません」と以前より穏やかな調子で話す。

「……何か良いことでもあったんですか？」

長閑は怪訝に思いながらも、微笑む。祥子の想い人である若狭からは、毎日のように、返事を保留にしている蘭子へラブコールが来ているのだ。

「私事なのですが、結婚をするんです」

祥子は化粧けのない頬をそっと染めた。

長閑も蘭子も顔を見合わせる。

「そ、そうなんですか。同じ職場の方ですか？」

「いいえ、実は私、結婚相談所に通っておりまして、そちらで出会った方なんです。ずっと煮え切らない態度をしてらした方が、つい先日真剣に結婚を考えてほしいと」

祥子は目に見えて浮かれていた。常にピリピリしていた祥子とは思えない。

「ずっと言えませんでしたが、私、長年結婚活動をしておりましたの。それで、ようやく気の合うお付き合い相手が見つかったんですが、その方が煮え切らない態度で……。こちらも年齢的に時間の余裕がありませんからね、どういうつもりかはっきりしてほしくて。実は胃が痛くなったのも、その方との一応の交際がスタートしてからなんです」

嬉しそうに語る祥子に、長閑はいつも通りほんわかと微笑む。蘭子は思わず引き攣って しまいそうになるのを必死に耐えた。

「ですから先生、こちらにお伺いするのはこれで最後に致します。この前は大変お世話になってしまい、必ずまた来院すると申し上げたので、ご挨拶にと参りました」

そう言って、祥子はスキップでもしかねない勢いで幸せそうに帰って行った。

これには長閑も蘭子も首を傾げる。祥子に結婚を申し込んだのは、祥子の話からして若狭で間違いないだろう。複数の男性と仮交際している可能性もあるが、祥子の性格上、同時にアプローチするような柔軟さはないように思う。

「ど、どういうことなんでしょうか?」

蘭子は自分のスマホを見る。若狭からは「蘭子さん、色よいお返事お待ちしております」としきりにメールが来ている。

一つに気になったのは、「返事は相談所を通さずに、直接僕のアドレスにご連絡ください。一刻も早く返事を聞きたいので」と書かれていることだ。蘭子の入会した結婚相談所では、担当スタッフを仲介して仮交際や、本交際の了承を行う。決まりがあるわけではないし、お互いの個人アドレスを知っている今は直接連絡する方が簡単だが、断りの連絡をする際は担当を通した方がお互い気まずくないので、一応そういうルールが存在する。

「けど、わざわざそんなこと書かなくても」

どうしてか、思い出す若狭の笑顔が空々しく感じて来た。

そもそも結婚を申し込まれるほど、自分と若狭は相性が良かっただろうか。若狭の態度は熱烈だけれど、どこか他人行儀のようにも思えていた。

「しかも祥子さんにも結婚を申し込んだとしたら、一体どうして……」

そこへ、学校終わりの満希がやって来た。

「先生、分かったかも！」と開口一番で言ったので、長閑は「何が？」と返さざるを得ない。

「若狭真守の『シェリーに口づけ』ってさ」とスマホを操作しながら話し始める。授業中、満希は『シェリーに口づけ』の原語版の曲を聴いていた。フランスの楽曲なので、最も有名な歌詞の仏語を、スマホの翻訳機能で日本語にしてみたところ……

「歌詞に出て来る『シェリー』は女性の名前じゃなくて、『愛する人』って意味なんだって！」

邦題の『シェリーに口づけ』は、歌詞の中に出て来るフランス語の「chérie」（愛しい人）を英語圏での女性の名前「Sherry」と誤訳したという説がある。

「と言うことはつまり、若狭さんの心のメロディに流れているラブソングは、『シェリー』という架空の人物に対して歌っている曲という風に解釈もできる……？」

長閑が首を傾げる。満希は意気揚々と、

「だから、若狭真守には、実際に愛している人はいないってことじゃないのかな!?」

「ではどうして、結婚しようだなんて、私と望月祥子さんに言ったんでしょう？」

「そこからは、長閑先生の推理でしょ」

「よし」長閑にしては力強い口調で、「若狭さんに真実を話そう！」と言った。

蘭子を介し、若狭真守を日曜日の音楽院へと呼び出すことにした。「話したいことがありますので、四谷に来てくれませんか？」とメールを送ると、若狭は「改まって何ですか？　怖いな。四谷ですね、分かりました」という返信が来た。

音楽院にて、祥子の「悩み」を探るために、自分が結婚相談所へ入会して若狭に近づいたことを明かし、その過程で若狭が祥子と蘭子、二人に結婚を申し込んでいる理由を問い質そうとしていた。

「こちらの身分を明かしてしまうのは危険じゃないですか？」と蘭子は危惧したが、「若狭さんの方も後ろ暗いことがあるはずだから、向こうも深追いせずに済まそうとするんじゃないかな？」と長閑は返した。春の海みたいに穏やかに微笑むものだから、長閑の周りに悪い人間はいないように思えてくる。長閑がそう言うのなら、悪い方向には進まないだろうと。

「大丈夫、友近には立ち会ってもらうけど、事情は全て俺が話すから」と更に柔和に笑われて、蘭子は不安を感じながらも若狭を音楽院へと呼び出した。


当日。

四ッ谷駅で待ち合わせ、「付いて来て下さい」と蘭子に連れて来られた場所が「のどか音楽院～音楽で人の心を癒します～」と看板に書かれたうさん臭い場所で、しかも扉を開けたら子供向けテーマパークのような室内に、白衣姿のあどけない男が立っていたら、若狭でなくても不審に思うだろう。

「ようこそいらっしゃいました」

茫然としている若狭に、長閑は微笑みかける。

「え……」

若狭は蘭子を窺うが、蘭子は冷たい調子で受け流す。

「これは……」

何が何だか分からないという様子で佇立《ちょりつ》する。

この時、満希は音楽院の外にいて、(休診なので誰も来ないとは思うが一応)、扉に鍵を掛けていた。それから勝手口に回り、書斎の方から音楽院へと戻る。

　その「ガチャッ」という音が中で鳴り響くと、若狭は身体を弾かせ、表情を曇らせた。

「今、カギ締めた……？」

怯えたような様子で蘭子を見るが、蘭子は「はい、締めましたが」と機械のように返す。

「な……」

若狭は後ずさりして、うさん臭いニコニコ男の長閑と、マシーン蘭子を交互に見る。

「若狭真守さん、あなたにお話ししたいことがあり、今日はお越し頂きました。どうぞお座りください」

長閑はいつものように穏やかな雰囲気を漂わせるが、事情の一切分からない若狭は、目の前の男の笑顔がそら恐ろしく思えたのであろう。可愛いらしい顔を強張らせて、オレンは驚く。

「実は、私たち望月祥子さんの知人でして……」と言いかけたところ、若狭は「えええっ!?」と叫び声を上げる。丁度、書斎側から診察室を通り、受付のカウンター前まで来ていた満希は驚く。

「ち、違うんです、祥子さんのことは……」

若狭は取り繕うにように、蘭子の手を取ったが、「離してください！」と振り払われる。もちろん蘭子は長閑の前だったので反射的に跳ね除けただけなのだが、若狭は四面楚歌の気分で「蘭子さん……」と震える。

が、「で、でも、まだ俺たちは仮交際の段階だろう?」と開き直り始めた。「ど、同時に本交際の申請をしたのは悪かったけど、俺も時間がないからさ、早く返信をくれた人と結婚をしようと思ってたんだよ！」

単純に蘭子が祥子との二股を激怒していると思ったらしい。愛らしい顔に似合わず、ふてぶてしく続ける。

「だ、だから、祥子さんの方が先に了承をくれたから、俺は祥子さんと結婚をするんだ！それだけ！」

言うなり、若狭は席を立つと、「待ってください、そんな話をしたいんじゃゃ……」と引き留める長閑を無視して、逃げるように扉へ向かった。そこへ、

「いるのは分かってんだぞ!?」

外側から、扉を叩く大男の人影が。内側から取手を掴みかけた若狭は、驚いて飛び退いた。ドンドンからガンガンに変わる。満希にはこの扉の前の人物が誰なのかすぐに分かった。久留麻だ。

「おい！　出て来い!!」

久留麻としては普通の口調なのだろうが、初めて対峙する者にとってはかなり乱暴に聞こえる。扉を叩く音も激し過ぎて怖い。

若狭も例外でなく、突然の荒々しい来訪者に「ひ」と頬を引き攣らせた。

「ま、まさか……」若狭は顔面蒼白になり、「俺のことを嵌めたのか!?」

言うなり、突然長閑の足元へ滑り込むように飛び込んで来て、床に額を付けて頭を下げた。

「す、すみません！　蘭子さんには指一本触れていません!!　信じてください!!」

「え？」

何を勘違いしたのか、若狭は泣きながら「本当にすみませんでした！　もう二度と蘭子さんの前に姿を見せません！　もちろんあなたの前にも、だから、許してください！」

この間にも、外では施錠された扉にむかっ腹が立ったのか、久留麻が扉をガンガンと叩き、大きな声で叫んでいる。冷静であれば、久留麻の声も半分ふざけていることが分かるのだが、今の若狭にはそんな余裕はない。どうやら長閑たちを「堅気でない人」と勘違いしているようだ。

「若狭さん、違いますよ」

すぐに長閑は屈んで若狭の肩に触れたが、若狭は床にへばりつくような体勢を崩さない。

「若狭さん」

蘭子も若狭の顔を上げさせようとするが、童話「大きなカブ」の「カブ」のように、若狭は頑なに頭を下げ、動かない。床に貼り付いてしまったのか？　と思うほど。

「わ、若狭さん……顔を……」

長閑はこの状況がおかしくなってきて、込み上げる笑いを噛み殺す。

「笑ってる場合じゃ……」

蘭子が困り果てていると、若狭が涙交じりに叫んだ。

「臓器でもなんでも差し上げます、だからお金だけは、お金だけは勘弁してください！　命もあげます、だけどお金は……」

お金だけは？　命だけは、ではなく？　長閑はその一言が気にかかった。そして、若狭の泣き声に交じり、一曲のメロディが聞こえてきた。

「あ」

「え？」

突然調子の外れた声をあげた長閑に、蘭子も若狭も視線を送る。

一瞬しん、と待合室に静寂が流れる。

扉のドンドンという音も消えた。満希が外に向かい、久留麻を止めた瞬間でもあった。

「あなた、もしかして……」

長閑は若狭をまじまじと見る。確かに聞こえる。優雅で、穏やかで、慈愛に溢れたあの音楽が——。

「もしかして、あなたには既に奥さんがいらっしゃるんじゃないですか？」

「えっ」

若狭は喉元で声を上げる。再び室内の空気が真空状態のようになった。

「そしてお金が必要ということは、その奥さんのために、何か多額の金銭が必要で、……例えば、入院費とか……それで……」長閑は続けようか否か、逡巡して「祥子さんと友近に、同時に結婚を申し込んだとか……」探るように言った。

「どういうことですか？」と投げかける蘭子を他所に、若狭は「ど、どうしてそれを……」と驚愕の表情で呻いた。


真相はこうだ。

若狭は既に結婚しており、最愛の妻がいた。その妻に悪性の腫瘍が見つかり、長期入院と手術をしなければならなくなった。だが、一年前に不況のアオリから土建業の仕事をクビになっており、妻の稼ぎで暮らしていた夫婦には入院費も手術代もない。すぐさま若狭は職を探したが、一年の離職期間と、高校生の頃に悪い仲間と犯した前科の所為で、一向に定職に就けなかった。妻が貯めた貯金も底をついてしまう……。

「それで……どうしようもなくなって……結婚詐欺を思いついたんです……」

自分が女性にモテるという自信はあった。昔から恋人には事欠かなかったので、その経験と口の巧さを生かし、詐欺をしてお金を騙し取ろうと思った。その最初の標的にされたのが、祥子と蘭子であった。

「もう……これしかないと思って……」

若狭は俯いた。

待合室のソファに座り、長閑と蘭子、そして満希と久留麻は若狭の横顔を見る。幼さの残る目元から、涙がこぼれている。

「お前、バッカだなぁ」。成り行きで立ち会うことになった久留麻は大きな声で「そんなことしたら、嫁さんがどう思うんだよ。騙しきれるはずもねぇだろう？　後先よく考えろよ」

「だけど……！」

「その通りですよ。あなたが犯罪に手を染めたと知ったら、どれだけ悲しむか……」

長閑は久留麻と反し、自分のことのように親身な態度を取った。若狭も口を噤む。

「すみません……蘭子さん、本当にすみませんでした……」

深々と頭を下げる。自分もある意味では若狭を騙しているので、その謝罪を単純に受け入れることはできない。自分たちのウソも、話さなければ。

「若狭さん、私たちからも一つお話ししなくてはいけないことがありまして……」

長閑は蘭子が結婚相談所に入会した経緯を話した。久留麻は「そんなことまでしてんのかよ」と驚いていたが、若狭は少しホッとしたようで「そうなんですね、でも良かったです。蘭子さんの気持ちまで裏切ることになるのは、心苦しかったので」

全ての事情を知り、若狭は二度と詐欺をしようなどと考えず、全うに職を探すことを長閑たちに誓った。それを条件に詐欺未遂を見逃すということで落ち着いたが……。

「でもこれからも新しい職が見つからなかったら……」

若狭は不安げに零す。就職難の昨今、高卒で、しかも前科のある若狭を雇ってくれる場所は多くないだろう。

蘭子も表情を曇らす。重苦しい雰囲気が待合室に流れた。

不意に、春の日差しみたいな声が発せられた。長閑だ。

「そう言えば久留麻、この前病院給食を作る人員が不足してると言ってなかったっけ？」

「おぉ、今も募集中みたいだぞ。仲良い給食のおばちゃんが言ってたから確かだ」

「なら、若狭さんを雇ってあげてくれないか？」

「――え？」

すっかり空が秋めいてきた。

久留麻の病院で給食を作る仕事に就いた若狭から手紙が届いたのは、十月の中頃だ。最後に音楽院で会った時から、一ヵ月が経っている。

【のどか音楽院のみなさまへ。大変お世話になっております。みなさまのおかげで、定職に就くことができました。本当にありがとうございます。妻の手術も無事に終わり、あとは回復を待つだけとなりました。ご心配をお掛けして申し訳ありません。

望月祥子さんのことですが、最後まで真実を話せず、「他に好きな人ができた」と告げてお別れをしました。どんなに恨み言を言われても仕方がないと思っておりましたが、意外にも「早く言いなさいよ！　じゃ、お別れしましょう」とあっさり身を引いてくれました。僕の近況はこんな感じです。みなさま本当にありがとうございます。いつまでもお元気で　若狭真守】

「良かったねぇ、若狭さん」

満希は読み終わった手紙を長閑に返した。

書斎机に置いた手紙に、窓から差した秋の陽光が落ちる。

「結局祥子さんは別の男性と仮交際をしてるみたいです」

蘭子は書斎整理を手伝いながら、数日前に退会した相談所での、最後の情報を告げた。

「若狭さんのことを引きずってないみたいで、良かったよ」

長閑は脚立に登り、書籍棚の上のホコリをはたいている。年内中に書斎の片付けを終えようと、三人掛かりでの整理整頓となった。

「多分、若狭さんのことが本気で好きだったというよりは、蛇の生殺し状態だったのがつらかったんでしょうね。祥子さんは結婚を焦っていたみたいですし」

あの時、若狭から聞こえてきた心のメロディはエルガーの『愛の挨拶』だった。

「エルガーは十九世紀イギリスの作曲家で、『愛の挨拶』は当時としては珍しい恋愛結婚をした妻のアリスに贈った曲なんだ。婚約をした時に、『どんなにお互いを知っていっても、挨拶という簡単なコミュニケーションはなくさないようにしよう。いつまでも初心を忘れないようにしよう』という気持ちが込められた曲なんだって」

それで長閑は、若狭には「最愛の妻がいる」と察したのだとか。

若狭の妻が入院しているのではと感じたのは、蘭子が報告してくれた若狭の手帳、毎週土曜日に「午前：病院」と書かれていたという話からだった。

「よく知ってたね、そんなマイナーな曲」

「マイナーじゃないよ。CMにも使われてるから、満希ちゃんも聴けば分かると思うよ」

その後早速、満希は書斎からCDを探し出して聴いてみた。すると長閑の言う通り、聞き覚えのある曲だった。それにしても、あの状況でよくエルガーの『愛の挨拶』から若狭の隠された事実を言い当てられたものだな、と満希は感心する。

扉の開く音がした。誰かやって来たらしい。

「浜岡さんだね」

長閑は書斎を出る。

「私も……」と立ちかけた蘭子を、長閑は止める。

「多分世間話をしに来ただけだから、友近はここにいて整理を続けてて」

長閑は席を外す。

すると、当たり前だが蘭子と二人きりになってしまう。気まずい沈黙が流れた。実は初めて久留麻と対面し、その後蘭子に四ツ谷駅まで送ってもらったあの日、自分の不用意な発言の所為で蘭子を怒らせて以来、二人きりで会話をしていない。

「友近さん……」

満希は戸棚の奥に入り込み、折れ曲がってしまった雑誌を直している。蘭子は丁度真後ろにいる。

「何ですか？」

「ごめんなさいでした」

躊躇したら言えなくなると思い、喰い気味に言う。

「何がです？」

背後にいるから、顔は見えない。声の調子も淡々としていて、心の内は読めない。

「前に、長閑先生の昔のこと……。医療ミスとか、なんとか言って……」

「そのことですか」と静かに返された。ＣＤを積み上げる音だけが響く。

「軽率だったと反省しております」

「私も感情的になり過ぎました。すみませんでした」

案外素直に蘭子も謝ってくれたので、肩透かしを食らったような気分になる。緊張の糸がプツッと切れた。

「全然話変わるけど、友近さんて長閑先生のこと好きなの？」

このタイミングで持ちかける話題か否かは分からなかったが、深く考えずに口にした。気になることは聞かずにいられない性質なのだ。

ＣＤを積み上げる音が、ピタリと止んだ。秋らしい物寂しい静けさが書斎を包む。

「べつに」

蘭子が言ったのは、たった三文字。されど三文字。追及しない。けれど、蘭子がウソを吐いているのは分かった。機械のような、隙のない言葉ではなかったから。


「何だ、お前か……」

受付のカウンターに来た長閑は、時計を見てぼやいた。浜岡が来る予約時間より、三十分早かった。音楽院に訪れたのは患者ではなく、久留麻だった。

「そんな言い種はないだろう。せっかく若狭の近況を伝えに来てやったのに」

久留麻は勢いよくソファに座った。

「今さっき手紙が届いたよ。元気にしてるみたいだね」

「そうなの？　何だ」

長閑も久留麻の真向いのソファに座る。久留麻とは違って、ホコリ一つ立たない。

「ありがとう」

「……何が？」

「熱心に若狭さんを紹介してくれたんだろ？　病院に就職が決まったと報告があった時、若狭さんから聞いた。久留麻の口添えがなければ難しかったって」

久留麻はソファの縁に置かれている毛糸の人形を鷲掴みにする。照れているようだ。

「ありがとう」

「それよりお前さ」。こそばゆい話題を切り替えさせる。「若狭に金貸したんだろ？　五十万って聞いたけど」

問われて、長閑は小さく頷いた。

「マジか。おい、そりゃあ何でも行き過ぎてねぇか？　金を貸すのは医療行為の範疇じゃない。はっきり言って医者の領分を越えてる。そんなことまでしなくちゃいけない現状なら、こんな病院辞めちまえよ」

「滞納してる入院費を払わなくちゃいけなかったんだって」

「それにしてもよ」

「若狭さんの奥さん、お腹に子供がいるんだってさ」

久留麻は長閑を見た。長閑は変わらず口元に微笑みを湛えている。

「ストレスは胎教に一番良くないからね。ちゃんと赤ちゃんを産めるように、安心させてあげたかったんだ」

久留麻は長閑から視線を反らした。毛糸の指人形を五本の指全てに付け、意味もなく指を折ったり、横に曲げたりしている。

「俺の考えは変わんないね。さっさとこの病院はしめろ。んで、元のお前に戻れよ。お前の技術はでっけぇ病院でこそ生きる」

長閑は目を閉じて、耳を澄ます。何も知らない人間が見たら、意味の分からない行動だが、久留麻には長閑に「何かが」聞こえているのだとすぐに分かった。

「俺の心のメロディが聞こえるのか？」とは問わない。「勝手に聞くなよ。プライバシーの侵害だ」「自然と聞こえてきちゃうんだ。悪い」という会話のやり取りは、過去に何度か行っている。

だからこの時、何も言わずに、「何か」を聞いている長閑の様子を見ていた。

「久留麻さ、俺に病院へ戻ってほしいのは、自分のためなんじゃないのか？」

目を開いた長閑は、唐突に投げかけた。久留麻は「は？」と返す。

「医大の成績も、研修医としての評価も、俺の方がいつもお前より上だった。だから、俺を負かしたいのに、俺は医者の第一線から退いた。勝ち逃げされたみたいで嫌なんだろ」

久留麻はもう明朗な笑いを浮かべていない。

「お前の心のメロディはいつもショパンの『12の練習曲ＯＰ10』だった」

「それが？」

辛うじて、そう言えた。

「ショパンのライバルの音楽家、リストが唯一初見で弾けなかったピアノ曲なんだ。リストはそのことが屈辱で、悔しくて、猛練習して、後日完璧な演奏をショパンに見せつけたらしい」

だから、そのメロディが聞こえる久留麻にも、常に自分へのライバル心があった。「医療の現場に戻れ」「お前の技術を活かせ」と熱く語る時に、一層強く聞こえた。嫉妬の炎にメラメラと燃えるメロディが。

相変わらず長閑が穏やかな調子で話すと、久留麻は真顔から一転、吹き出して笑った。

「人の気持ちまで分かっちまうんだな。厄介な力だよ。人間不信にならないか？」

「ならないよ」

はっきりと長閑は言った。

「けど、やっぱりこの力って、罰なのかなぁ」

長閑は春のように笑った。瞳は墨を流したように真っ黒であった。

SONG 4

「それじゃあ、今配った資料を見てください」

教壇では文化祭実行委員の晴美が黒板に何やら書いている。満希は配られた資料を一瞥して、すぐさま机にしまった。

早くのどか音楽院に行きたい。文化祭は他の行事に比べて嫌いじゃないけど。長引きそうなホームルームに溜息を吐きながら、空を見上げた。夏の頃に見ていた空よりも、雲が溶けて薄くなっている。


「それで、満希ちゃんのクラスは何をやるの？」

「お化け屋敷だって」

予想外に早くホームルームも終わり、満希は音楽院に直行する。

「今日も一日暇だった？」と聞くと、「午前中は忙しかったよ」と長閑は苦笑いする。

ふざけて問うたが、おかげさまで患者は増えている。今まではいつ来ても、待合室で患者さんを見かけなかったが、今は三回に一回は人がいるし、（自分には見せてくれない）カルテも明らかに増えてきている。このまま経営不振で閉院してしまうのではないかと夏休みの頃は本気で心配になっていたので、音楽院が好評なのは嬉しい限りだ。

「文化祭か、懐かしいなぁ」

「長閑先生なら、高校生の中に混じってても違和感ないと思うよ」

「だろうね」と諦めたように笑い、デスク脇に置いてあったジンジャーエールを飲む。

「炭酸、まだ毎朝買ってるの？」

「え？　うん」

「夏だけかと思ったのに、よっぽど好きなんだね」

「まぁ……」

そこへカルテの整理を終えた蘭子が「先生、患者さんがいらっしゃいました」と入って来る。

訪れたのは、沖村トメという老婆だった。

「トメさんじゃないですか」

長閑は明るくトメを迎える。トメは近所のたい焼き屋『志乃屋』店主の奥さんで、常連の長閑とは顔見知りであった。

腰はやや曲がり、毛玉の付いた渋い色の洋服を着ているが、顔つきは柔らかで、品がある。縁側で猫を膝に乗せて、日向ぼっこをしてそうなお婆ちゃんだ。

「今日はどうかなさったんですか？」

トメは診察室の丸イスに座ると、人形のように首を傾げる。

「先生はお医者様なんですよねぇ？」

「そこから？」と満希はトイレの中でひっそり思う。

「そうですよ」

長閑は、苦笑いでもなく、真摯に微笑む。

「近所の浜岡さんの奥さんからね、聞いたんですけど長閑先生は心のお医者様だって……」

ムズムズして来るようなしゃべる速度だ。満希はあまり祖父母との交流がないため、独特の間のある話し方が聞いていて慣れない。

「そうです。トメさん、何か気になることがおありですか？」

「いえね私のことじゃないんですけど、相談させてもらっていいでしょうか？」

「もちろんです。どなたのことです？」

持ちかけた相談は、旦那さんであるたい焼き屋店主の沖村徳治《おきむらとくじ》のことだった。

話はさかのぼり、三カ月ほど前。納戸の大がかりな片付けを行ったという。それ以降、徳治の様子がおかしくなり、夜中に何度も目を覚ますようになったとか。

「寝ている時もね、なんだか苦しそうでねぇ……」

トメは心配そうに語るが、思わず「それで？」と言いたくなる。それだけの情報では何も分からない。長閑も微笑みながら、どうして自分の元にやって来たのか、探っているようだ。

「納戸の片付けの時、何かあったんですか？」

「えぇ、昔の古い帳面がね……」

「帳面？」

「主人は隠しちゃって、もう見られないんですけども」

「隠されてしまったんですか？」

「夜に眠れなくなるのって、『不眠症』って言うんですって？　浜岡さんの奥さんが教えてくださって……それなら長閑先生に診てもらった方が良いって私も言ったんですよ」

「旦那さんは不眠症なんですか？」

「そうかどうかも分からないから、取りあえず行きなさいって言ったのに、あの人ったら言うこと聞かなくて……」

　トメは困っているようだが、どうも話が一方的過ぎてよく分からない。長閑は蘭子と顔を見合わせて、この時ばかりは苦笑した。

「それじゃあ、実際旦那さんにお話をお伺いした方がよろしいですよね？」

　蘭子が強めの語気で明瞭に言うと、トメは「そうなんですけどねぇ。行かないって言うのよあの人……」と愚痴るように応える。

「それなら、私がお伺いしますよ」。長閑はにっこり微笑んで、「往診します」と言った。

　たい焼き屋『志乃屋』は、のどか音楽院から歩いて十分くらいの距離にある。四ッ谷駅から新宿に向かう大通りを歩き、路地に入ってすぐ、昔ながらの風情を残した店舗だ。

「へいらっしゃーい！」

あくる日の土曜日、満希は長閑と『志乃屋』を訪れていた。店主の徳治は、店の軒下、お客からも見える位置でたい焼きを焼きながら、威勢の良い声を掛ける。

『志乃屋』は持ち帰りも可能だが、焼き場に隣接している店内で食べることもできる。と言っても、三人掛けの長椅子が二つ置いてあるだけの簡素な作りだ。昭和初期から残っているという建物がローカルな雰囲気を醸しだしており、地元の人間には愛されているたい焼き屋であった。

「たい焼き二つ。店内で食べて行きます」

長閑は中に入って、レジの前に立っているトメに声を掛ける。トメは「わざわざありがとうございます」と深々とお礼をし、ゆっくりとした動作でレジを打つ。「えっと、お二つですから、お会計が……」などとやり取りをしている間に、背後の焼き場の徳治から、「へい、たい焼き二つお待たせ!!」とせっつかれてしまった。

「はい、あなた」と言いながら、レジの「2」という数字を探しているらしく、指が宙を漂っている。

「何してんだ！　早くしねぇとたい焼き冷めちまうだろう！」

そう言ってレジに姿を見せた徳治はチッと舌打ちし、自分でたい焼きを長閑と満希に渡す。年齢はトメと同じくらいだろうか。白髪の角刈りで、目元や口元にシワが多いが、体格も姿勢も良い。若い頃は美丈夫だったのではないだろうか。

「すんませんねぇ、お茶は勝手に取ってくださいい」

徳治はペコッと頭を下げると、小走りで再び焼き場に戻る。

お会計は二百四十円だった。長閑に奢ってもらい、長椅子に座る。お茶は脇に置いてあるタンクからセルフで注ぐようになっていた。

「長閑先生は緑茶かほうじ茶どっちがいい？」

「満希ちゃんと同じでいいよ」

温かいお茶を用意して、早速たい焼きを食べる。

「うん、おいしい」

「おいしいでしょ」

「それにしても……」

店内からも見える、焼き場の徳治を伺った。

「徳治さん、元気そうだよね？」

せっかちそうで口は悪いが、闊達である。徳治と同年代の男性から見て、かなり若々しい部類に入るのではないか。よほどトメの方が老婆らしい。

「本当に不眠症なのかな……」

トメがやって来る。

「先生、主人はいかがでしょうか？」

いかがでしょうか、と問われても、少し会話を交わしただけでは分からない。長閑も同じことを思っているらしく、「ご主人とお話をさせて頂けませんか？」と頼む。すぐに徳治がやって来た。

「うちのたい焼きに、何かありましたでしょうか？」

トメが何と言って徳治を呼んだのかは分からないが、やや横柄な態度である。お客が難癖をつけてきたとでも思ったのだろうか。もちろん、すぐに長閑は否定した。自分は、紀尾井町で心療内科を開いている医者だと告げると、徳治は「医者が俺に何の用だ」と更に眉根を寄せた。

隣に立っているトメは「ほら、あなた最近よく眠れてないみたいじゃない。だからね、浜岡さんの奥さんに聞いて、いい先生紹介してもらったのよ」と心配そうに説明するが、徳治はチッと舌打ちする。

「誰がそんなことしてくれって頼んだよ」

「でも、あなた……」

「余計なお節介だってぇの！」

トメを怒鳴りつけて、長閑に向き合う。

「そういうことでね、せっかく来てもらって申し訳ねぇけど、俺の精神は到って正常。医者にかかるようなこたぁねぇんだ。たい焼き食ったら、帰ってくれよ」

「無理にとは言いませんが、少しでも悩んでいることがあれば、お話し頂けませんか？」

乱暴な口調の徳治に対し、長閑はあくまで丁寧に接する。

「精神《こころ》の医者なんかに話すことはねぇさ。人を気狂いみたいに言わないでもらいてぇな」

しかし徳治は不快感を露わにして取り付く島がない。ペコッと会釈をすると、焼き場へ戻って行ってしまった。

「すみませんねぇ、長閑先生。あの人、昔堅気な人だから……」

「いえ、どうしても心療科というと、大袈裟なものに聞こえてしまいますから」

「長閑先生、もういいよ。帰ろう」

満希は焼き場に戻った徳治を睨むように見る。感情的で横暴な男は嫌いだ。自分の父親を想起させる。

「あんなんじゃ何にも分かんないよ。夜眠れないのも年だからかもよ？　ほら、年取ると長く眠れなくなるって言うじゃん」

「あら……」

トメは急に不機嫌になった満希に戸惑っているようだ。眉を下げて長閑を見る。

長閑はトメに「今日はお忙しい時に伺ってしまってすみません。また来ますね」と微笑み掛けて、一緒に『志乃屋』を出た。

道路側からも、焼き場でたい焼きを作っている徳治が、木枠のガラス窓越しに見える。眉に深いシワを寄せて、口を「へ」の字にしている。

「せっかく悩みを解決してあげようとしてるのに！」

「満希ちゃん」

店の中にいるトメに聞こえたら、また心配させてしまう。長閑は少し語気を強め、窘めるように名前を呼んだ。流石に満希もバツが悪そうに口を閉じる。

『志乃屋』を離れ、四ツ谷駅へと続く大きな交差点まで来た時、再び口を開いた。

「どうしてトメさんはあんな旦那と別れないんだろう」

自分の両親のことを思い出す。そのことは長閑も分かっているようで、諭すように言う。

「口は悪いけど、徳治さんは面倒見が良い旦那さんなんじゃないかな」

「どうしてっ？」

トメがレジに立ち、数字の「2」を探していた時、「たい焼き冷めちまうだろう！」と怒鳴りながらも、指で「2」を指し示していた。焼き場を離れてわざわざレジまでやって来たのは、トメが困っているのを察知したからだと、長閑は言う。

「トロトロしてるのに、イラっとしたからじゃないの？」

満希は大股で歩く。真田堀とイグナチオ教会に挟まれた道を右折する。二人はのどか音楽院へと帰っている。後ろで、長閑は小さく笑ったようだ。

「突然心療内科医を名乗る男なんて来たら誰でも驚くでしょ。特に徳治さんくらいの年代だと、心の病と言ったら、心の弱い人がかかるものだっていう認識も強いだろうし、どうしても異常だと言われてるように思っちゃうんだよ」

「それにしても……」

長閑は人が良過ぎる。同じものを見ているはずなのに、全く違う景色として認識している。長閑の世界が純情過ぎるのか、それとも自分の世界が汚れているのかは分からないけれど、この違いは何なんだろうと思う。

「もしかして、徳治さんの心のメロディが聞こえたんですか？」

自分と長閑の違いはそこにある。もしや長閑は心のメロディのおかげで、起こった出来事を「良いように」取れるのではないかと、満希は切り出した。

「え？」

長閑にはその繋がりが分からない。一瞬キョトンとして、「聞こえたけど……」

「やっぱり！　何でした？」

「『むすんでひらいて』だったよ」

「『むすんでひらいて』？　童謡の？」

長閑は頷く。その表情は晴れ晴れしくない。

『むすんでひらいて』と言えば、幼稚園の頃に手振りをつけて歌ったことが思い出される。『むすんで ひらいて 手をうって むすんで』のやつだ。これが徳治の心のメロディというのは、どういうことなのだろうか。

「歌詞はなかったけど、メロディだけ聞こえたんだ」

往々にして「歌詞がない」ということはあるらしいが……。

「それで徳治さんの悩みは……」

長閑は、今度は頷かなかった。困ったように首を振る。悩みは分からない。つまり、心のメロディだけでは解明できない「難解な」患者ということ。それは、周辺調査を伴う患者ということだ。

できれば徳治とはあまり関わりたくなかったので、すぐに悩みが導き出され、一曲処方して不眠症も解消。はい、一件落着にしたかった満希は、深く溜息を吐いた。

ホテルニューオータニへと続く車道を歩きながら、真田堀の木々から落ちて来た黄色い葉っぱを踏みしめる。

「で、どうするんですか？　周辺調査するんですか？」

「いや、暫く様子を見るよ。徳治さんは踏み込んでほしくなさそうだし、取りあえず『むすんでひらいて』について調べてみたり、トメさんに事情を聞いたりしてみる」

長閑も落ち葉を踏んで歩いた。毎年この時期になると、側道にはたくさんの落ち葉が積もる。

「トメさん、帳面がどうとか言ってましたよね」

納戸の整理をしていた時に古い帳面を見つけた。それ以来徳治が不眠症になったと。単純に考えれば、不眠症はその帳面が原因ということになる。一応満希は「帳面って、ノートのことだよね？」と確認を取る。「この場合はそうだろうね」と長閑は返した。

「友近たちに、お土産でたい焼き買って来れば良かったかな」

「今度はそうしよっか」

友近はのどか音楽院で、患者が来た時のために受付にいる。長閑が不在の時に来客があれば、スマホですぐに呼び出せるようにしているのだ。そして友近「たち」と言ったのは、最近の土曜日の音楽院には、「助っ人」がいるからである。

田中である。

「おせーよ、満希。俺一人じゃ寂しいだろ！」

今年中に書斎の整理を完了させることを目標としたのはいいが、終わる見通しが全くついておらず、このまま満希が「空いた時間にやる」だけでは絶対に終わらないという話になった。長閑や蘭子も手伝えればいいが、最近は診察に時間が取られるので余裕もない。そこで試しに田中を誘ってみたのだ。「色んな音楽が聴けるから、書斎の整理を手伝ってくれない？」と言うと、田中の将来の夢がＤＪらしく（ＤＪの仕事を詳しく知らないが）、「いいよー！　そういうバイト先なら、俺も興味ある！」と案外乗り気で手伝いを買って出てくれた。

田中としても、あの遅刻早退魔だった自分を「矯正」してくれたアルバイト先に興味があったらしく、毎週土曜日にはのどか音楽院を訪れている。

今日も午前中からやって来て、黙々とＣＤのジャンル分けを行ってくれていた。長閑の書斎にあるＣＤは、洋楽もロックもＪ－ＰＯＰも、本当に雑然と置かれている。

「で、今回の患者さんのことは何か分かったの？」

『志乃屋』から戻って来た後、長閑は同じタイミングで訪れた患者の診察に、満希は書斎の片付けにあたっていた。

「心のメロディを聞いて来たけど、長閑先生もそれだけじゃ分からないって」

田中には長閑のうさん臭い能力を教えている。最初は「はー？　感情が曲で聞こえる？　そんなわけねーじゃん」と鼻で笑っていたが、図星らしいことを言われたらしく、今じゃしっかりと信じている。

「言われたらしく」と言うのは、満希は実際何を言い当てられたのか知らないのだ。初めてのどか音楽院に連れて来た時、長閑は「君のメロディは、尾崎豊の『I LOVE YOU』なんだね」と微笑まれていた。意外だった。田中の心のメロディにしては深いというか、もっと薄っぺらい曲が流れているのかと思っていたのに。

「で、そのココロは？」

満希が長閑に聞くと、「ちょっと、待って、言わないで！」

と田中は狼狽する。「……俺だけに教えて」と何やら男二人でこそこそやり、田中は口を開けたまま固まった。

「どうして分かるんだ……」と田中が茫然自失で呟き、それ以来長閑の能力を信じているから、きっとピンポイントでその時考えていたことを言い当てられたのであろう。

それを未だに教えてくれない。長閑に「こっそり教えて」と頼んでも、「教えないでって言われてるから、だめ」とやんわり断られてしまった。

「じゃあ『むすんでひらいて』について調べてみないとな」

田中はジャンル毎に分けたCDを棚に戻して行く。ざっくり区分して、一番右が洋楽。真ん中が邦楽。一番左がクラシックとなる。

「そのたい焼き屋のおじいさんについても調べんだろ？」

「そうなんだけどね……」

満希は書斎机に座ったまま、もう一度溜息を吐いた。

「私の苦手なタイプ。気難しい感じのおじいさんで、門前払いって感じなの」

「じゃあ周辺調査はできないの？」

「長閑先生は様子を見てからって」

「そっか」

田中は満希の座っている書斎机のパソコンを指差す。

「今開いてるＷｏｒｄの文章、印刷してくんない？」

ブラックアウトしていたパソコンを着けると、開かれていたＷｏｒｄには「１９７０年代洋楽」「２０００年～邦楽」「アニソン」などの言葉がリストのようになって並んでいた。

「それ長方形に切って厚紙に貼って。インデックスにするから」

いつの間にこんなものを用意したのか。田中は案外几帳面なところがあるらしく、適当にハサミで厚紙を切ろうとすると、「あ、縦五センチ。幅十七センチでな。その大きさで切ると、一枚の厚紙につき五個のインデックスができるはずだから。そんで、カッター使って」と細かく指示を出す。

「おつかれさま」

診察を終えた長閑が入って来た。幾分すっきりした書棚を見て「ありがとう。田中くんが来てくれてから、片付けが進んでるね」と微かに笑った。

「『むすんでひらいて』については調べた？」

「これから……」

満希が、該当しそうな書籍を探そうと書斎椅子を立ち掛ける。しかしその前に、田中が『日本の童謡大百科』なる分厚い書籍を取り出し、説明を始めた。

「『むすんでひらいて』は……」何度か頷きながら「へー！　この曲って、日本で作られた曲じゃないんだ！」と一人で納得する。

「メロディは明治時代に、アメリカを経由して持ち込まれたもの。作曲はフランスの思想家・ルソーだと言われている。日本語の歌詞の作詞者は不明。……だってさ！」

田中は童謡大百科を棚に戻すと、再びCDの分類に着手する。

「それだけじゃ分かりませんね」

いつの間にか書斎に入って来ていた蘭子は、田中が既に作成していたお手製インデックスを見て、「これ、田中さんが作ったんですか？　良いアイディアですね」と少しだけ頬を緩ませる。

「じゃあやっぱりあの偏屈おじいちゃんの周辺調査が必要だってこと？」

満希が嫌そうに言うと、

「患者さんに対する個人的な感情は止めてください。どんな方でも悩みがある方は大切な患者さんです」

蘭子はぴしゃりと返す。

「でも、暫くは様子見なんだよね？」

満希が長閑に問うと、蘭子は「そうなんですか？」という視線を送る。

「うん、干渉されるのを嫌いそうな方だったから、無理に介入しない方がいいと思う」

「そうですか。では私も機を見てお店に足を運んでみます。何か分かるかもしれないので」

「頼むよ」

長閑に微笑まれ、蘭子は「はい……」と俯いた。

これで徳治のことは「一旦脇に置いておく」はずだったのだが……。

「そう言えばそのたい焼き屋ってさ、今度の文化祭で協力してくれるお店の一つじゃね？」と田中が言い出した。

「え？」

長閑も蘭子も、満希もポカンとする。

「ほら、今年から飲食関係のお店出せるのが三年だけになったじゃん。それで地域のお店に協力してもらって、文化祭の時に屋台を出してもらうって……」

田中は通学カバンの中から一枚の紙を取り出す。

「ほらやっぱり！　たい焼き屋『志乃屋』も出店してくれるお店に入ってるよ！」

田中は満希の面前でペラ紙を掲げる。以前ホームルームで晴美が配っていた資料だったが、机の奥底にしまい込んだまま一度も目を通していないので、気づかなかった。

「本当だ……」

それでも事情が分からない長閑と蘭子は顔を見合わせている。全く晴美の話を聞いていなかったので、自分も半分以上状況が掴めていない。

だが、田中は名案を思い付いたことに、得意げな顔をした。

「なぁ、これで『お手伝い』の生徒になれば、たい焼き屋のおじいさんの周辺調査になるんじゃね？」

「お、お手伝い？」


後日。教壇の上にて、晴美が例の資料を片手に立っている。

「それでは前回のホームルームの時にも言いましたが、今日はお手伝いの有志を決めたいと思います。誰か立候補してくれる方はいますか？」

満希はピシッと手を挙げる。

普段、学校の行事に消極的なくせに誰よりも真っ先に手を挙げたので、晴美を始め、この頃体調不良で休んでいた維も、他のクラスメイトたちも目を丸くした。

「私がやります」

満希は、まるで優等生のように言った。

結局、二年一組から『お手伝い』の生徒として選ばれたのは満希、晴美、維であった。立候補した満希を見て、維も「じゃあ私も……」とおずおず手を挙げた。そして残りの一人が中々決まらなかったので（『お手伝い』になると、クラスの出し物に関わる時間が少なくなるため）、仕方なく晴美が担うことになった。

各学年の各クラスから三名選出され、その三名は出店してくれる九店舗の屋台のどれかの『お手伝い』となる。これが『志乃屋』以外では元も子もないので、文化祭委員の晴美にこの上ない情熱を持って頼み込み、なんとか二年一組は『志乃屋』のお手伝いの座を手に入れた。

本当は徳治とあまり関わりたくはなかったが、長閑が「それなら自然と関われるね」と喜ぶので仕方がない。音楽院のアルバイトとして、自分にしかできない仕事だし、と気持ちを高めて文化祭当日を迎えた。

紀尾井町の高校は都心のど真ん中にあるので、こじんまりしている。

校舎は四階建てで、創立百五十年の歴史ある学校なので、まだ和式のトイレが残っている。

文化祭は生徒の父母以外の来場者も多い。新宿から足を伸ばして観光中の地方の人や、外国人も興味半分に訪れるので「文化祭」というよりは地域の「お祭り」に近い。

文化祭初日の土曜日、満希は一日中『志乃屋』の屋台の手伝いをしていた。

近隣地域から協力してくれた店は、全て校庭に屋台として出店されている。校舎に添い、校庭の中心を囲むように九つの屋台が出ると、それだけで校庭は手狭になった。

「この寸胴はどこに置きますか？」

朝の六時から『志乃屋』に集合して、自分の背丈の半分もあるような寸胴を運ぶ。中には煮立ったあんこが入っている。

「ワゴン車の中だ！」

徳治が叫ぶ。

学校から手配されたワゴン車に必要な物を積み込み、校舎へ向かうのだが、仕込みが終わっていないために、朝からてんやわんやであった。ワゴン車の中では学校から手配された業者の人が腕時計を見て、貧乏ゆすりをしている。

「わ、ワゴン車ですね……」

重たい。通学カバンより重たい物を持つことはあまりないので、手が震えて来る。同じ『お手伝い』要員の晴美と維は学校に集合して、屋台の組み立てを手伝っているらしい。

「おい、大丈夫か!?」

二つ目の寸胴であんこを煮ている徳治は叫び、満希に近寄る。

「こぼされちゃたまんねぇよ」と言って、奪うように年季の入った寸胴を取った。「ったく、もっと使える手伝いよこせってんだ」と舌打ちして、ワゴン車へと向かった。

満希はムカッとする気持ちを押し鎮める。今日一日と、明日の日曜日、徳治と長時間過ごさなくてはいけないことに、目の前が真っ暗になりそうだ。しかしこれも、長閑流の見方をすれば、「自分の代わりに重たい物を運んでくれた」ことになる。結果として助けられたわけなので、本当に徳治は優しい人間なのかもしれない。いや、そう思おう。満希は息を吐いて、自分を落ち着かせた。

「何ぼさっとしてんだ！　手が空いてんなら、火に掛けてる鍋でもかき回しておけ！」

遠くから、徳治の声が響く。

「……はーい！」

それでもやはり、徳治の荒々しい態度には慣れない。

学校に到着してからも、徳治と話せる時間を持てなかった。「周辺調査員」としては、積極的に絡んでいくべきだが、『志乃屋』が盛況で終始忙しく土曜日が終わってしまったのだ（余談だが、「学校で屋台の組み立て組」の晴美と維は、殆ど業者が組み立てを行ったので、力仕事はしなかったらしい。それを聞いて更にがっくりと肩を落とした）。

そして日曜日。

「どこ回ろうか？」

「和風喫茶ってどうかな？」

晴美と維はパンフレットを見ながら、ようやく訪れた自由時間に胸を躍らせる。

日曜日も朝の六時集合で『志乃屋』に詰め、仕込みのあんこが入った寸胴を五つワゴン車に乗せて運んだ。因みに土曜日は三つだったが、売れ行きが良かったため、日曜日には量を増やした。

学校に着いてすぐに準備を始め、午前中いっぱいお店の手伝いをする。土曜日は一時間も休み時間が取れなかったので、日曜日もそんなものなのかと思いきや、「それは可哀想」と文化祭委員の中で話題となったらしく、日曜日の十四時から十六時までが自由時間として与えられた。その間、他の（暇な）屋台の「お手伝い」生徒が『志乃屋』の屋台を見てくれることになった。

初日の土曜日を『志乃屋』で忙しく過ごしていたので知らなかったが、他の屋台は自分たちほど大変ではなかったらしい。『志乃屋』が群を抜いて繁盛していたようだ。

そういうわけで、自由時間。

「ねぇ、満希はどこに行きたい？」

晴美はスマホを操作している満希に問いかける。

「ごめん、ちょっと会いたい人がいるから先に回っててくれる？」

「田中くん？」

維は繊細な笑顔を向けた。

「違うよ」

田中は田中で忙しいようだ。自分のクラスの出し物である「ビックリハウス」が人気で、抜けられないらしい。

「アルバイト先の人が来てくれてるみたいなの」

先ほどスマホを覗いたら、長閑からメールが来ていた。

『今日友近と徳治さんの様子を見に文化祭へ行こうと思ってるんだけど、どこに行けば良いのかな？』とある。送信時間は三十分ほど前だったので、すぐに『今どこ？』と返した。すると『校門の前』と返って来る。『そこで待ってて！　そっちに行くから』と返信したところである。

「アルバイト先の人が、文化祭に来てくれたんだ」

晴美は感心したように頷く。

「仲良いんだね」

「まぁね」

「私も一緒に行っていい？」

維はおどおどとしながら、「満希ちゃんのバイト先の人、見てみたいな」と言う。

晴美も維も田中と同じく、満希を「真面目」にさせたバイト先に興味があったようだ。特に断る理由もないので、晴美と維を連れて長閑の元へと向かう。

「長閑先生」

長閑と蘭子は校門を入ってすぐの桜の木の下にいた。

「満希ちゃん」

人混みの中をすり抜けてやって来る満希に、長閑は手を振る。

「来てくれたんだね、ありがとう！」

「満希ちゃんだけに周辺調査を任せるのも悪いし、文化祭も来てみたかったから」

「それにしても、すごい人ですね」

蘭子は賑わう校庭を眺める。

「その子たちは満希ちゃんの友達？」

長閑は後ろに控えている晴美と維に気づく。

「友達なの。紹介するね。晴美、維、こちらが私のバイト先の長閑先生。これでもお医者様なんだよ」

晴美と維は長閑に会釈をしてから、「これでもって、失礼でしょ」と満希を窘める。

「だって言わなきゃ大学生みたいでしょ？」

長閑はいつも通りのストライプのワイシャツに、スラックス姿だが、白衣も身に着けていないし、髪の毛も下ろしている所為で余計幼く見える。

「そ、そんなこと本人の前で言っちゃだめ」

晴美が長閑の顔色を見ながら言うので、長閑はケラケラと軽い笑い声を上げた。

「それでね、こっちの女性が看護師の友近さん」

「よろしくお願いします」とテキパキとしたお辞儀をする。

双方の自己紹介が済むと、「いつもうちの満希がお世話になってます」と長閑がおどけた。晴美と維は吹き出す。

「こちらこそ、満希が大変ご迷惑おかけしております」と晴美が恭しく返したので、今度は長閑と蘭子が笑った。

「それより、長閑先生たち『志乃屋』の屋台に行ったら、私たちのクラスにも来てよ」

自分はそれほど問題児だろうかと、一瞬不安になる。

「出し物はお化け屋敷だっけ？」

「そう。時間あるでしょ？」

「うん。せっかく来たから、色々回ろうと思ってるけど……」

長閑は蘭子に視線を送り、「お化け屋敷とか、大丈夫？」と聞いた。

「大丈夫ですが」

「それなら、満希ちゃんとこも行くよ」

「絶対来てね！　超怖いから!!」

満希は自分のパンフレットを見せながら、『志乃屋』の屋台の場所や、お化け屋敷が校舎の何階にあるかを伝え、ついでに田中のクラスの「ビックリハウス」もお勧めしておいた。

「じゃあまた来週ね。バイトの時に調査結果は聞くから」

長閑と蘭子は二人並んで歩きながら活気ある校庭の中へと消えて行った。正直、長閑たちと一緒に回りたいと思ったが、二人きりにしてあげた方が親切だと気を利かせたつもりだ。因みに自分たちのクラスの出し物に誘ったのも気遣いだ。デートの定番と言えばお化け屋敷だろう。

「あれが満希ちゃんのバイト先のお医者さんなんだ……」

維は晴美と視線を合わす。晴美は言い澱みながらも、「何て言うか……春っぽい感じの人だったね」と苦笑いした。

その後、文化祭を満喫し、十六時から『志乃屋』に戻る。あと一時間で文化祭は終わるので人も大分少なくなっており、日中は大繁盛だったという屋台もようやく肩の力が抜ける時間が訪れていた。

「よう、戻ったか」

この二日間のおかげで、徳治とは少なからず距離が縮まっていると思う。案外徳治はおしゃべりで、十六時から閉演の十七時までの間、閑散としている校庭を眺めながら、延々と昔話をしていた。

「俺が昔の頃はよ、文化祭なんてもんはなくてさ。ホント、今の子は恵まれてんよ」

「沖村さんの学生時代って、もしかして戦時中ですか？」

真面目な晴美は特に徳治に気に入られたようだ。

「そうだよ。第二次世界大戦の真っ只中さ」

「それじゃあ、疎開とかされてたんですか？」

維は徳治に問いかける。

満希は三人の会話が聞こえる距離でトメの肩を揉んであげていた。被害妄想ではなく、徳治はあまり自分に好意がないと分かる。年長者を敬う態度の乏しいところが、気に入られていないのだろう。自分も徳治のような言葉遣いの荒い男は嫌いなので、トメの相手をしていた方が何倍も気が楽だ。

「疎開どころかよ、でっけぇ軍艦に乗り込んでたよ」

「えぇーっ」と晴美と維は驚く。

「アンタらくらいの年だったなぁ。アメさんの戦闘機相手にドンパチしてさ。いやぁ、ホントこんな平和な暮らしができてる若ぇ者がうらやましいわ」

しかしこんな昔話を聞いても、徳治の「周辺調査」にはなっていない。段々自分が「楽をしている」ことに罪悪感を持ち始めた。晴美や維のように、徳治の話を熱心に聞かなくてはいけないのは自分なのにと。

それで、トメの背中をトントンしながら、思い切って話の中に入る。

「納戸で見つかった帳面って、その頃の物なんですか？」

突然割って入って来た満希に、徳治は驚きながらも、サッと顔を紅潮させた。

晴美と維は「帳面？」と首を傾げる。

「バカヤロー！　てめぇとは話してねぇよ！」

徳治は興奮した面持ちで叫んだ。

トメをトントンしていた満希の手が止まる。

晴美と維は驚いているようだ。口を開けて、茫然とした。

「帳面のことは……二度と言うな！」

校内放送で『蛍の光』が流れる。どうやら十七時になり、文化祭が終了したらしい。

「さっさと片付けするぞ」と器具を片付け始める徳治の背中に、「……ごめんなさい……」と満希は搾り出すような声で返した。

怒鳴られて、文化祭は終了した。


「報告します。怪しいのは帳面です！」

文化祭の翌日は月曜日で、高校は振替休日であった。

満希は開院前の音楽院へ赴き、二階の自室で朝食を摂っていた長閑の元へ押しかけ、文化祭で得た徳治のなけなしの情報を報告する。最近は診察時間に来ても患者さんがいる場合が多く、ゆっくり話せない。

「帳面さえ見られれば、すぐに悩みも解決すると思います」

まだ日曜日の出来事を忘れられない。理不尽なことで怒鳴られ、その後は口も聞いてもらえなかった（話しかけなかったけどね！）。

長閑は寝起きだからか、いつもよりぽやっとした顔で、眉を下げて笑っている。ハムを載っけたトーストと温かいコーヒーが、テーブルの上で湯気を立てていた。コーヒーには砂糖を入れないらしい。満希が砂糖を持って来ようとすると「使わないからいいよ」とカップを口に運んだ。

「何かあったの？」

「別に、何もありません。ただあの人とはもうあんまり関わりたくないってだけ」

長閑はトーストを一口食べて、苦笑いする。

「まぁ……ちょっと痛の強いところがある方だよね」

「ちょっとじゃないけど。とにかく、何とかして帳面を見せてもらって、この件は解決させましょう」

「何とかしてって……」

「それより、長閑先生」

長閑を遮り、話を無理矢理変えさせる。不愉快な出来事を話し続けるよりも、もっと気になっていることがあるのだ。

「あれから、友近さんとはお化け屋敷に行ったんですか？」

「行ったよ」

「どうでした？」

こういう話の方が何倍も気楽で楽しい。屈辱的な記憶はさっさと忘れよう。

「面白かったよ。クオリティ高かったし」

長閑は満希が自分のクラスの出し物の出来を気にしているのだと思い、そう返したが、満希は「そうじゃなくて……」と不満げにぼやく。

「お化け屋敷の他は？」

「あとは田中くんの『ビックリハウス』と……」

「『ビックリハウス』！　どうでした？　友近さん、怖がってました？」

ビックリハウスは、ただひたすら人を驚かすだけの出し物らしい。随所に隠れている生徒が、迷路のようになっている教室を歩く入場者を「わっ！」と驚かすだけというもの。

「いや、笑ってたよ。終始」

「笑ってた？」

「うん、楽しそうだった」

笑ってたというのはよく分からないが（やっぱりマシーンだから人並みの感覚がないのか？）、蘭子が楽しんでいたのなら、二人きりにしてあげた甲斐はある。

「あとは和風喫茶に入ってお茶飲んだり……あ、満希ちゃんて美術部だったんだね」

美術部が主催する教室で、展示された作品を見たという。

「絵も上手なんだねぇ。すごく雰囲気のある絵だったよ」

長閑は言うが、自分のどの絵が飾られていたのかも知らない。美術部自体一年生の時に入って、半年くらい通っていたが、それ以降は幽霊部員。時々無性に絵具の匂いを嗅ぎたくなって顔を出すくらいだ。文化祭で美術部が教室を確保していることさえ知らなかった。

「小学生の頃の夢はデザイナーだったからね」

「じゃあ今は？」

「今は……」

決まった夢はない。デザイナーになるほどの発想力も技術もないし、それを培うために服飾系の大学に行こうとか、そういう努力をする気もない。そう言えば田中はＤＪになりたいとか言っていたっけ。どこまで本気かは分からないが、人に断言できる夢があるのはカッコイイと思う。

「ずっとここで働こうかな」と言いかけたが、現実味がない気がして言い留める。代わりに「お医者さん……」と呟くと、長閑は「え？」と聞き返した。

「ううん、何でもない」

理系でもない満希は、急に恥ずかしくなって否定した。

しかし長閑は春の海みたいに大きく微笑んだ。

「医者ね。いいんじゃない？　やりがいがあると思うよ」

言われた途端に、未来に光が灯ったような気持ちになった。医療の最前線から退いた長閑が賛同してくれたことは意外でもあったが、漠然としていた将来に、「目的地」ができた嬉しさがある。

医者になるなんて考えたこともなかったが、今から努力すればなれるだろうか？

「それじゃあ、色々と調べてみようかな……」

自分の将来に、一点の輝きが生まれた気がした。

日曜日の不愉快な出来事を忘れかけていた頃、再びどうしようもなく困った事態に陥る。文化祭が終わり、一週間以上経った水曜日。学校が早く終わったので、気が進まないながらも『志乃屋』に向かった。将来のことを考えるよりも先に、まず徳治の一件を片付けておきたかった。ここで徳治のことを「見て見ぬふり」をするのは、既に医者になる資格がないように思えたのだ。

『志乃屋』の前にやって来て、満希は「ん？」と眉をひそめる。路地から見える焼き場に徳治の姿はなく、また店の暖簾もしまわれている。お店の入口である引き戸には「本日はお休み致します」と書かれていた。

長閑と初めてやって来たのも水曜日だったはず。今日だけ臨時休業なのだろうか。満希の後ろを通りがかった大学生らしい二人組の女性もその張り紙を覗いて「せっかく来たのに」「残念だね」と帰って行った。

「ごめんください」

引き戸にはカギが掛かっていなかったので、開けて声を掛けてみる。すると店内の奥、住居部分からトメが出て来た。

「あら、満希ちゃん」

「今日お休みなんですか？」

「そうなのよ」

トメが言うに、文化祭以降客足が急激に増え、定休日を作らなければ材料の調達や仕込みができなくなってしまったのだとか。

「今までは近所の方とかが、来てくださるだけだったからね、うちもずーっとお店開いてても事足りたんだけど……」

どうやら文化祭での出店が『志乃屋』の知名度を上げてしまったようだ。近隣の大学生やら、サラリーマン、時には遠方からもたい焼きを買いに来る人がいるそうで、トメは体力が持たないと嘆いていた。徳治の方は戸惑い半分、喜び半分で、今は材料調達のために卸売業者の所へ行っているため不在らしい。

「誰か雇わなくちゃ回していけないなってあの人は言うんだけどねぇ、今更アルバイトを雇うっていうのも……なんか煩わしいでしょう？　人件費もかかるし……」

トメは連日の接客で疲れているようだ。苦しそうに肩を回す。

「おばあちゃん、肩叩いてあげよっか？」

トメの背後に回り、毛玉の付いた肩を叩く。いっそのこと『志乃屋』を閉じて、ゆっくり老後を過ごしたいらしいのだが、徳治は張り切ってしまい、経営が軌道に乗り出したら会社勤めをしている息子を呼び寄せて、後を継がせたいとまで言い出しているらしい。

「ほんのお小遣い稼ぎで良かったのよ……本当に……」

トメの話を聞いてあげながら、さりげなく「本題」を切り出した。

「おばあちゃん、徳治さんの寝つきが悪くなったきっかけの帳面って、見たことある？」

満希が『志乃屋』にやって来た目的は一つ。帳面を見ることだ。それさえ見られれば、全ては解決するはずだ。

「帳面？　いいえ……あの人、見せてくれないのよ」

「隠しちゃってるんでしたっけ？」

「そうなの、どこにあるかは知ってるけど……」

「その帳面、私に見せて頂くことはできますか？　多分、徳治さんが眠れなくなった原因はその帳面だと思うので」

「でも……」

「お願いします。少しでいいので！　徳治さんの体調不良を改善したいんです」

満希が押し切ると「それもそうね。これから忙しくなるなら、あの人の健康も考えてあげなくちゃね」とノロノロ立ち上がり、奥の住居部分へと下がって行った。

五分も経たない内に、黄ばんだ帳面を持って来る。

「あの人には内緒よ、きっと怒るから」

「はい！」

真実が秘められた帳面を前にし、興奮の面持ちで頷く。満希の中で既に徳治の「悩み」は解決している。これさえ、見れば。

しかし、帳面を開きかけたところで徳治が帰って来てしまった。

「……おい、何してやがんだ！」

トメと満希の間にある秘蔵の帳面を見て、徳治は顔色を変える。動揺と怯えのようなものが真っ先に浮かんだ。その後烈火の如く怒りだす。

トメは尋常ではない夫の様子に驚いた様子で、「私が帳面を見せたんですよ」と何度も満希を庇ったが、徳治は「どうしてこんなことをするんだ!?」と激昂した。満希はごまかすことも、受け流すこともできずに、正直に「治療のためだ」と訴えた。自分は長閑の病院のアルバイトで、悩みを解決するためにどうしても帳面を見たかったのだと。正直に話すことで理解してもらえるかと思ったが、「あのインチキ医者か」と徳治が額まで赤くし始めたので、長閑のことを引き合いに出したのは間違いだったと悟る。

しかし、後の祭りだ。

「長閑先生とは関係なくて、私が勝手にやったことです」と必死に訴えたが、徳治は聞く耳を持たずに、「あの医者ん所へ行って落とし前つけてやる！」と音楽院へと走った。満希は「先生は関係ないんだってばー！」と泣きながら追いかけた。四ツ谷駅から紀尾井町に続く大きな交差点を行き交う人々は、茹でダコのように赤い老人を、泣いている女子高生が追いかけている様を、不思議そうに眺めていた。

徳治がまるで押し入り強盗のようにのどか音楽院の扉を開けた時、たまたま患者はいなかった。受付に蘭子が立っていて、激怒した様子の徳治と、泣きつくように入って来た満希を見て目を丸くする。

「長閑って医者を出せ！」と徳治は騒ぎ立てるし、「先生は悪くないの！」と叫ぶ満希の声がしたので、診察室にいた長閑はすぐに待合室に出て来た。

「どうかしましたか？」

長閑も驚いた様子で満希と徳治を見る。

「どうかしましたかじゃねぇ！　アンタん所のアルバイトが、治療の一環だか何だか知らねぇが、勝手に人ん家に入って帳面を盗みやがったんだ」

「盗んだんじゃないもん！」

「うるせぇ！」

徳治は怒鳴り、満希は「うわー」と泣き出した。

「こんなガキをけしかけて何のつもりだ？　藪医者野郎。高い治療費でもぶんどろうってっのか!?」

「先生にひどいこと言わないでよ！」と泣きながら食ってかかるのを、長閑は阻んだ。

「申し訳ありません。ご迷惑をお掛けするつもりはありませんでしたが、私の監督不届きでした。きつく叱っておきますので、今回はご容赦頂けないでしょうか？」

深々と頭を下げる。合わせて、「申し訳ありませんでした」と蘭子も謝罪する。

それを見て、徳治もあまりに取り乱したことが恥ずかしくなったのか、気まずそうに「もうこいつを俺に近づけるなよ！」と吐き捨てて、飛び出すように去って行った。

満希は頭の中がぐちゃぐちゃになっていた。怒鳴られたことの恐怖や怯え、盗人呼ばわりされたことや話を聞いてもらえなかった怒り、悲しみ、長閑や蘭子に迷惑を掛けてしまったこと、のどか音楽院の評判を下げてしまったことへの後悔や申し訳なさなどが入り混じって、何も言えずに、「う、ぅ」と嗚咽を続けた。

「嵐のようでしたね」

蘭子が多少の狼狽を滲ませて、呟いた。

「うん……」

長閑は抑揚なく頷く。それを聞いて、背筋が泡立つような感覚に襲われた。

「先生、私、盗んだりしてないよ」

勝手に帳面を見ようとしたのは悪かったが、トメからの了承も得たわけだし、「盗んだ」というのはひど過ぎる。

「見せてほしいってトメさんに頼んだだけなの。本当に盗んだりなんかしてない……」

「分かってるよ」はっきりと長閑は返した。「信じてるから、大丈夫」

長閑の「大丈夫」は強い。何が大丈夫なのか分からない時でも、グッと心の中に入り込んで支えになる。長閑は緊張感のない笑顔をしまって、満希の頭をポンと叩いた。

「けど、徳治さんの気持ちを蔑《ないがし》ろにしてしまったのは事実だから、それは反省しないとね」

「うん……」。安心して、ようやく涙が治まり始めたが、「でもこれで……徳治さんには関われないよね……」

「どういうことですか？」

蘭子は満希の涙に動揺を隠せないようで、いつになく親身な声音で聞いた。

「だって、完璧に徳治さんに嫌われちゃったじゃん。こんなんじゃ、ノートはもちろんだけど、話しすらできないもん……」

悩みを解決することはできない。それはのどか音楽院の負の歴史でもあり、自分の将来に見えた「目的」への翳りにもなった。こんな所で躓いていたら、医者になんか到底なれない。長閑にも申し訳ない……そう思うと、再び涙が溢れて来る。

「な、泣かないでください……」

戸惑う蘭子をよそに、

「そうだよね。どうしようかねぇ」

長閑はぽやーっとした口調である。

「ごめんなさい……」

満希が顔を伏せて泣き出すと、蘭子はそっと肩を抱いた。

「まぁ、大丈夫だよ」

あまりにお気楽な口調で言うので、満希はバッと顔を上げた。「大丈夫なわけないじゃん！」と否定しようと思ったのが、長閑を見て口を噤んだ。長閑は笑っていた。お気楽にではない。底を感じないぐらいに、優しく。

「どうするの？」

「……俺が周辺調査をしよっか」

にっこり微笑んだ長閑に、

「へ？」

満希は調子外れな声を上げた。


一週間後。

学校帰りにのどか音楽院を訪れ、「長閑先生は『志乃屋』でアルバイトをすることになりましたよ」と、蘭子から言われた時、「は？」と言ってしまった。

「アルバイトと言っても無給奉仕ですから、正確にはボランティアですが」。淡々と説明されても困る。どうしてどうやって、長閑が『志乃屋』のアルバイトになったというのか。

徳治に激昂され、のどか音楽院で泣き散らかしたことが、後から考えてみると恥ずかしく、満希は「試験勉強があるから」と言い訳してアルバイトを休んでいた。

そうして音楽院から遠のいていた間に、音楽院は朝の十時から十六時、二十時から二十一時を開院時間に変更しており、土曜診察を一時的に休診しているという。

その休診の時間を、長閑は『志乃屋』でのアルバイトに費やしているのだとか。

「よく雇ってもらえたね……」

「もちろん、最初は門前払いされたそうです」

「何かお手伝いさせてください」と、緊張感なく現れた長閑を、最初徳治は追い返そうとした。しかし「アルバイトである満希が迷惑を掛けてしまったので、その償いをしたい」と熱心に頼み込まれ、また、丁度人手がほしかったこともあって、不承不承ながら長閑の申し入れを受けたらしい。賃金を払わないで働いてくれるなら、越したことはない。

早速満希は『志乃屋』に行ってみた。店の前には四、五組ほどの行列ができており、庇《ひさし》から半分出て、外からも様子が分かる焼き場には、忙しそうな徳治の姿がある。見つからないように中に入ると、狭い店内には二十人近い人が犇《ひし》めいている。

レジには「えっと、たい焼き五つだから……」とレジ打ちをしているトメの姿があった。しかし、長閑はいない。

「あ」

焼き場の奥にいたので見えなかったが、長閑はそこにいた。大きな段ボールを運び、店舗と、傍にある納戸を行ったり来たりしている。

「今度はこっち！」

「はい」

徳治に怒鳴られ（と、満希には聞こえる）、長閑はあんこが切れた寸胴を流し台に片付け、新たな寸胴を奥から持って来る。「あれ重たかったよね……」と文化祭の時のことを思い出した。

「納戸から油と砂糖の段ボール、五つ、取って来い！」

徳治はたい焼きを焼きながら指示をする。長閑は再び納戸へ向かう。その途中に「えっと、たい焼きが五つだと……お値段が……」とレジで唸っているトメに「一個百二十円ですから、五個で六百円ですよ」と微笑み掛けて去って行った。

声を掛けると徳治に見つかってしまいそうなので、満希はひっそりとその場を後にした。

『志乃屋』から音楽院へ帰って来た後、受付に立っている蘭子に長閑の様子を教えた。

「何だか……すごくこき使われてる感じだった……」

ぞんざいな言い方で指示を出され、重労働を強いられている。少しの間様子を伺っていただけでもそういう印象を得た。

「正直、私もそう思いました」

蘭子も長閑の様子を見に行ったことがあるらしい。その時も大行列の時に長閑にレジ打ちをさせ、怒鳴ったり、何十キロもある段ボールを運ばせたりしていたらしい。

蘭子は憤懣《ふんまん》やるかたない様子だが、「あのじじい、先生を苛めて楽しんでるんだ！」と息巻く自分よりも言葉を選びつつ、「先生が根を上げるのを待ってるんでしょうね。無給で働いてくれるのはありがたいでしょうが、徳治さんは不信感でいっぱいですし、うさん臭いと思ってるでしょうから」と言った。

「早く辞めさせたいってこと？」

「おそらく」

満希は腕を組む。腹立たしさを感じ、次に長閑のことが心配になった。

「先生、大丈夫かなぁ……」

　重労働の仕事に長閑が耐えられるのか。体力もそれほどあるようには思えない。おっとりしてるし、大行列をうまく捌ける機敏さも緊迫感もないように思う。

「何言ってるんですか。大丈夫に決まってますよ。医局に勤めていた時の方が、よっぽど体力勝負で、緊張感を維持し続ける仕事でしたから」

「あ、そっか」

　確かに医療行為に比べれば、ほんの数時間寸胴を運ぶ作業なんて、大したことないのかもしれない。

「特にギネはお産の最中気が抜けない状態で、一日以上続くこともあります。緊急事態には迅速で的確な判断力を求められますし、とにかく休みがないことで有名ですから」

「え？」

　思わず聞き返した。ギネ？　お産？　何の話だろう。

　蘭子は眉を顰める。

「満希さん、先生から聞いてないんですか？」

「総合病院に勤めてたことは知ってるけど……」

「ギネは産科医のことです。お産に付随する医療行為を行う科です」

「えっ!?」

　そう言えば、何科でどんなことをしていたのかは、詳しく聞いたことがなかった。何となく内科や外科だと思っていて、それ以外の科は浮かんでも来なかった。その中でも産科というのは特に馴染みがない。

「長閑先生って……産科医だったんですね」

「今更ですか」

蘭子は閉口しているが、目からウロコである。

「その時に比べれば今の肉体労働も問題はないと思います。ただ、私の個人的な感情として、納得できないものがありますが」

そこへ、長閑が帰って来た。

「おつかれさまです」

蘭子はすぐに受付から出て来ると、長閑から黒いトレンチコートを受け取る。

「ありがとう。予約入ってる？」

「はい。二十時から一名、二十時半からも一名」

満希が壁時計を見ると、時刻は十九時三十分だ。

「なら、シャワーだけ浴びられるか」

「夕飯は？」

満希は心配そうに問いかける。

「診察が終わったら食べるよ」

長閑は急ぎ足で二階へ続く階段を上って行った。

「先生、大丈夫かな……」

　体力的に問題がないのだとしても、診察の合間に『志乃屋』で肉体労働を挟むのは、やはり大変なのではないかと思う。以前の一日平均患者一名の頃の音楽院なら良かったが今は違う。長閑がここまでしなくてはいけなくなったのも、元はと言えば自分の軽はずみな行動の所為だ。そう思うと、徳治にいびられるのも、食事もとれないほど慌ただしいのも、全て自分の責任に思えてくる。

「そろそろ帰らなくてよろしいんですか？」

「大丈夫、ママには連絡したから」

　こうなったら、自分ができることをするしかない。

「書斎にいていい？」

「構いませんが」

「徳治さんの心のメロディ……『むすんでひらいて』についてもっと調べてみる！」

　うさん臭い医者がアルバイトに来てから、半月が経った。

「寸胴取り替えて！　それ終わったら洗い物、段ボール運びな！」

「はい」

「読み」が外れたと思った。夕方の一番忙しい時にやって来て、接客も重労働も卒なくこなす長閑を見ながら、徳治は唸る。

温室育ちのボンボンだと思った。海軍仕込みのイビリでちょっと扱《しご》いてやれば、すぐに「辞めさせてください」と投げ出すと思った。しかし長閑は何事も無理なくやりこなす。人当りも良いので、接客も問題ない。……正直、バイトとしては申し分のない人材だ。

「次は寸胴を洗ってくれ！」

「全て洗ってありますよ」

「え？　なら、お茶の補充だ！」

「緑茶もほうじ茶も補充済です」

「じゃ、じゃあ客列の整理……」

「外で待ってもらうのも寒いでしょうし、店内でお待ち頂いてます」

焼き場から店の中を見ると、温かいお茶を飲みながら客は談笑している。

「じゃあ……」

「トメさんには休んでいてもらいましょうか？　私一人で大丈夫ですから」

「あ、あぁ……」

一瞬ドキッした。急激に忙しくなったことで、トメが疲れていないか気になっていた。できればバイトを増やしてでも、休ませてあげたいと考えていた。そのことを見透かされたような気になったのだ。

こんなアルバイトなら、ずっといてもらって構わない。

頭を過ぎった考えを、徳治は必死に打ち消した。

店を閉め、夕飯も終えて居間で寛いでいると、トメがみかんを持って炬燵に入って来る。十畳もない畳敷きの居間と、続きの一間で徳治とトメは生活している。

「ねぇあなた、長閑先生をいつまで付き合わせる気ですか？」

寝転んで野球中継を見ていると、トメは背中に問いかける。カッとなって起き上がった。

「付き合わせるだぁ？　そりゃこっちのセリフだ！　こっちがあの藪医者に付き合ってやってるんじゃねぇか」

「藪医者なんて、あなた」

「病院放っておいてこんな所で働けてんだから、本職の方がうまくいってねぇんだろう」

そうだ。金持ちの道楽で医者を開業して、ろくに患者も来ないので面白半分に首を突っ込み、自分たちに干渉しているのだ。「普通」の内科や外科の医者になれなかった落伍者として、心療科医などとうさん臭い職業に就いているのだと、そう考えれば、無償で働く、長閑の行き過ぎた好意にも頷ける。

「そんなことありませんよ。浜岡さんの奥さんが言ってたんですけどね、かなり病院の方も忙しいみたいですよ。最近は予約も取りづらくなってるとか……」

「そうなのか？」

だとしたら、どうしてそこまでして、自分の機嫌を取っているというのだろうか。

「……俺もムキになり過ぎたかね。あんまりの剣幕で乗り込んで行ったから、あの医者も気ぃ遣っちまってんのかもな」

　バツが悪そうに、頭を掻く。

「そういうんじゃ……ないんじゃないかしらね」

　トメはゆっくりとした動作でみかんの皮を剥き、口に運んだ。

「これも浜岡さんの奥さんが言ってたんですけどね……」

　浜岡さんの、隣人の奥さんの話だと言う。一年ほど前に飛び込みの営業に押し切られ、自宅前に自動販売機を設置したらしい。親戚一同から「そんな所に設置しても誰も買わないわ。高い費用だけ払って損をするわよ」と心配されたが、不利益を被ったことは今のところない。

　しかし、隣人の奥さんのお義母さん（トメさんと同世代）が、いたく心配して、日がな一日買いに来る人数を数えているらしい。

　自宅の中にいて、一度も外の自販機から商品の落ちる音がしないと「ねぇノリコさん、今日は誰も買ってないみたいよ。大丈夫かしら？」と不安がるという。一度でも稼働した音を聞けば安心するらしいのだが、そうでない日はしつこく「ねぇ、やっぱり設置したのは間違いだったんじゃない？　今からでも撤去できないの？」と自分の後を付きまとうのだとか。

「それが苦痛で仕方がない」と隣人の奥さんは浜岡さんに漏らした。

　それを浜岡さんから経由して聞いた長閑は、それなら、とその日以来ほぼ毎日その自販機を利用している。

浜岡さんの奥さんは「そこまでしなくていいのよぉ。お婆ちゃんちょっとボケてるみたいだし」と気に掛けたが、長閑は「毎日ペットボトル一本くらいは飲んでますし、スーパーから、自販機で買うことに変えただけで、お婆ちゃんも安心できる、お嫁さんの苦痛もなくなる。そんなお得なことないじゃないですか」と笑って取り合わなかったらしい。

長閑にとって誤算だったのは、ある日突然その自販機が炭酸飲料系専門になってしまったことだが……。

「今でも律儀に買ってるみたいですよ。あの先生ちょっとお人好し過ぎるんですよ。ですからね、あなたもその優しさに甘えちゃいけないと思ってねぇ」

「だ、誰が甘えてんだ！」

一喝されると、トメはやれやれという感じでみかんを食べ続ける。

益々長閑のことが分からなくなってきた。本当にアルバイト高校生の失態を償いたいというのだろうか？　それとも老いた夫婦二人で切り盛りするたい焼き屋が急に忙しくなったのを見かねて、親切心で手伝っているのだろうか？

分かんねぇな、と徳治は呟いた。一つ分かっているのは、自分に対してひどく幻滅していることだ。決まりが悪い。長閑にわざと大変な仕事を押し付けて、いつ根を上げるか試していた自分が幼稚に思えてきた。

「で、本職の方はどうなんだ？」

翌朝、土曜日。一週間の中で最も忙しい土曜日は、朝から午後三時くらいまでうさん臭い医者はやって来る。この日は仕込みの手伝いをしていた。

その長閑に、小豆の中に砂糖を入れながら、問いかける。

「本職？」

長閑はお湯も出ない流し場で洗い物をしながら、のほほんと返した。

「病院の方だよ。こんな所でアルバイトなんかして、大丈夫なのか？」

「お恥ずかしい話、あまり患者さんもいらっしゃらないので、問題ないです」

澱みなく返した。冷たい水に晒されて赤くなった長閑の手の甲を見ていると、胸が重くなる。本当はお湯も出るのだ。

「トメからは、病院を休んでまでこっちに来てるって聞いたぞっ」

吐き捨てるように言うと、長閑は少し沈黙する。気を遣って方便を述べることに意味がないのかと瞳の奥で考えているようだった。無惨に流れ出る冷水が、長閑の手を痛めつけているような気分になり、「もういい」と言いかけた、が、その前に長閑が口を開いた。

「少し変な話をしてもいいですか？」

「はっ？」と咄嗟に返して「いいが……」

「私ね、人の心の中がちょっとだけ分かるんです」

悪戯っぽく笑った長閑に、徳治はポカンとする。

「心の中からメロディが聞こえてきて、それを頼りに、その人の感情や考えていることが分かるんです」

　徳治は絶句したまま固まる。お前は何を言ってるんだ、と無言のまま抗議する。

「これは信じてもらえなくてもいいんです。私自身も半信半疑ですから」と長閑は屈託なく笑った。

「徳治さんの心の中からは、重苦しいような『むすんでひらいて』のメロディが聞こえてきたんです。それに、トメさんから不眠症で悩んでいることを伺いました」

「不眠症ってほどじゃねぇよ、ただ……」

　言いかけて、止める。胸だけじゃない。口が重くて、開けない。

「あなたが何か苦しんでいるなら、相談してもらいたいんです」

「……それであの高校生のバイトも俺の帳面を見ようとしてたのか？」

「はい」

　徳治は整理のつかない頭を抱えた。

「アンタもあのガキも……どうしてそこまで……」

「放っておけないだけです。心のメロディは、助けを求めるように訴えてきますから」

「……」

「だから、本業を放ってまでここで働いてるんです」

　長閑は可笑しそうに笑った。そう言われても、返す言葉がない。自分の気鬱を会って間もない他人に話すという発想がない。妻でさえ、いや、同じ時代を生きて、同じ経験をしてきた人間にしか話せない。分かり合えないと思うから。

「……俺のことは放っておいてくれ」

「徳治さん」

「アンタには分かんねぇよ」

これ以上踏み込んで来る存在を、許すことはできない。

長閑は少し間を置き「まだ憶測ですが、徳治さんの考えていることを言い当ててもよろしいですか？」と笑うので、徳治は再び言葉を失う。「お、おう。言ってみろ」となんとか返した。

「徳治さん、戦時中は海軍にいたんですよね？」

「何で知って……」

「アルバイトの女の子から聞いたんです。その時の出来事で、何か今に至るまで悩んでいることがあるんじゃないんですか？」

「え……」

「徳治さんの心のメロディからは、人の死の匂いがするんです」

言葉を失くした。あの女子高生が隠れて帳面を見ようとした時のように、血の気がスッと引いた。

「どうして……」

「『むすんでひらいて』の曲はご存知ですか？」

「ああ」

「あの曲の歌詞は、時代によって変遷しました。一定していないんです。けれど、一時爆発的に広がったのは『軍歌』としてでした」

明治二十年代から、日本は日清、日露と大国相手に大きな戦争を繰り広げていた。そういった時代の風潮から、人民を鼓舞するための軍歌が流行し始める。『むすんでひらいて』もメロディだけを流用し、詞を「戦争版」に替えて歌われた歴史があった。タイトルも『戦闘歌』に変更され、「敵の大軍を攻め崩せ」「撃ち倒せ」となっていた。

そのことから、長閑は戦争に関する「何か」で徳治が悩みを抱えているのではないかと憶測したという。

徳治は押し黙る。青ざめた顔は長閑の推量が遠からず当たっていることを示す。

「なんで、そんな……」

誰にも立ち入れない、深い領域だ。平和な時代で安穏と生きている男に、あの出来事を軽々しく教える気にはなれない。

「アンタに話せるようなことじゃねぇんだよ……」

頭の中で、静かな海の映像が蘇った。

「人間同士が殺し合った時代だ。そんな話、温室育ちのアンタには話せねぇんだよ」

「私もあるんです」

長閑はやや早口で言った。とめどなく流れ出ていた冷水が、止まる。早朝の澄んだ空気が、今は喉に張り付いて来るように思えた。

「私も、人を殺したことがあるんです」

うさん臭い医者は微笑んだ。あの、真っ暗な海のような目だった。

家にいてもやることがないので、満希は午前中からのどか音楽院を訪れていた。

「今日も先生、『志乃屋』に行ってるんだ……」

「毎週土曜日は朝の七時から十五時まで『志乃屋』にいらっしゃいます。前にも説明したと思いますが」

医者のいない病院だが、蘭子は白衣姿で受付にいる。急患が来院したら、いつでも対応できるようにという配慮からだった。

「聞いてたけど……。いつまでこんなこと続くんだろう……」

「徳治さんの悩みを解明できたらでしょう」

「そっか、それなら多分、そろそろ」

意味深なことを言ったので、蘭子はカルテの整理をしながら視線を送る。

「『むすんでひらいで』のことをいっぱい調べたの。そうしたら昔は『軍歌』としての歌詞が付けられてたらしくて、そのことを長閑先生に教えたら、思い当たることがあるような雰囲気だったから……」

「そうですか。それなら、良かったです」

「それより満希さん、書斎の整理はしなくていいんですか？」

徳治の一件でバタバタして忘れていた。今年中に終わらせる予定が、残り一カ月足らずしかない。

「やるけど……」

気分が乗らない。長閑が大変な思いをしているというのに、「片付け」しかできない自分がひどく無力に感じる。

「私も手伝いますから」

蘭子は少し宥めるように言った。

「文化祭さ、楽しかった？」

蘭子と共に書斎に入り、作業の合間に口火を切る。

「楽しかったですよ」

田中が作ったインデックスを頼りに、分類したCDを棚に戻しながら淡々と応える。

「特に『ビックリハウス』が面白かったです。明るい場所で次から次へと人がおどかしにかかるのは新鮮でした」

「そういう意味じゃなくて」

長閑と同じような返答をした蘭子に、笑いを漏らす。

「長閑先生とデートみたいだったでしょ？」

遠回しに言っても仕方がないと思い、単刀直入に言ってやった。

「デートではありません。あくまで徳治さんの周辺調査の一環です」と、にべもなく一蹴されるかと思ったが、意外にも蘭子は「そうですね」と素直に受け応えた。

自分で言っておいて、予想外の反応に戸惑う。

「えっと、長閑先生のどの辺が好きなの？」

調子に乗って聞いてみた。これはさすがに「口じゃなくて手を動かしてください」と非難されるかと思ったが、蘭子が黙り込んだのは、黙殺ではなく、悩んでいるようだ。

「先生の周りだけ私には色があるんです」

「え？」

「もう、口じゃなくて手を動かしたらどうですか？」

そう言って小さく笑った蘭子は、どこか悲しそうで、満希は一瞬言葉を失う。

すると突然、書斎に慌てた様子の長閑が入って来た。

「先生……！」

蘭子は今の会話を聞かれたのではないかと瞬時に思ったのであろう。動揺した様子で、

「ど、どうかしましたか？　まだ『志乃屋』でアルバイト中では……」

「処方したい一曲があるんだ」

「徳治さんにですか？」

「そう」

長閑はCDの棚を見て「これって歌手の名前順？　それとも曲名順になってるの？」と忙しない様子で尋ねる。「徳治さんの家パソコンないからさ、CDじゃないと音楽聴けなくて。待っててもらってるんだ」とどこか嬉しそうである。

「まだ整理段階だから混ざってるの！　私が探すよ。何の曲？」

満希は跳びはねるように長閑の隣に並んだ。一曲処方する段階ということは、悩みが解明できたということだ。

「加山雄三の『サライ』」

「24時間テレビのラストに流れる曲ね」

満希は「邦楽」の中の「か行」から、「サライ」のCDを探し出して、長閑に渡した。

「ありがとう」

長閑はすぐに音楽院を出て、再び『志乃屋』へと向かった。

「徳治さん、心を開いてくれたみたいですね」

蘭子は肩を撫で下ろした。

「そうみたい。良かったぁ～！」

これで長閑もアルバイトをする必要もなくなり、音楽院での診察に専念できる。

「よし、じゃあ先生がびっくりするぐらい、書斎の片付けを進めておこう！」

腕まくりした姿を見て、蘭子は微かに笑った。先ほどまで溜息ばっかりだったのに、急に元気になったことが現金に感じられて可笑しかったのだ。

満希は上機嫌で書斎机の抽斗を開ける。

今CDを抜いた所に、「ここにサライ!」と書いた紙を挟んでおくべく、ペンを探した。そこでふと、小さな片っぽだけの、毛糸の靴下が目に入る。抽斗は何度も開けているが、いつもは目に入らなかった。それが前の方に出ている。場所が変わっている。

田中が見つけて触った可能性はあるが、なぜだか満希は長閑が一人、この靴下を眺めている風景が頭に浮かんだ。……その長閑は笑っているだろうか?

この靴下のことを長閑に教えてもらいたい。目を背けていいことではない。そう思えてならなかった。


後日、満希は徳治の悩みの真相を長閑から聞いた。徳治も「あの高校生も俺のこと心配してくれてたんだろ? じゃあ、教えたって構わねぇよ。ああいう子供に、戦争の悲惨さを伝えていくのも年寄の役目だからな」と気恥ずかしそうに言っていたらしい。

あの古ぼけた帳面の中には、一人の外国人の名前が書いてある。

紙面いっぱいに「TOM」とある。利き手ではない方で書いたような、震えた文字で。

徳治は第二次世界大戦中、軍艦の乗組員だった。

航海中、破損した船と漂流するアメリカ海兵を見つけて捕えたという。徳治の軍艦に乗っていた元英語教師は、その海兵と話をした。なんでも、武器弾薬の補給艦として東南アジア沖の島に向かう途中で遭難し、海に投げ出されたのだとか。仲間の海兵隊員はどうなったのか分からない。ただ自分一人だけが船の切れ端に掴まり、半日以上漂っていたと。緑の目をした海兵はまだ幼かった。十七、八歳だと思われた。敵の軍艦に捕えられ、怯えた様子で周囲を伺っている。

この海兵をどうするか、上層部での会議が始まった。

海兵は甲板の舳先に、足枷《あしかせ》を付けられ留め置かれていた。

夜になり、徳治はその海兵の元へとこっそり足を運ぶ。自分と同じくらいの少年が海水に濡れた服のまま、夜風に晒されているのが可哀想だと思ったのだ。

徳治は厚手の毛布を持って行き、その海兵に掛ける。その時に「名前は？」と聞いた。だが海兵はもちろんだが日本語が全く分からなかったので、徳治は持っていた帳面に「What is your name?」と書く。それを見て、海兵の少年は震えた手で「ＴＯＭ」と書き返したのだ。なぜ震えていたのかは分からない。寒さからか、恐怖からか。

それからすぐに、その少年の処置が決まった。

捕虜として日本に連れて帰るのかと思ったが、船は遠征中で暫く寄港しない。積んでいる食料は乗組員のものだけなので、捕虜に与える余裕はなかった。

少年海兵は殺されることになった。銃殺するにも、銃弾がもったいないので、海兵は海に落とすことに。

星がたくさん輝く夜で、船は漆黒の海を滑るように進んでいる。

震えながら蹲《うずくま》る少年海兵の足枷を外す。

音を立てて、鉄製の足枷が甲板に転がった。

「お前がやれ」と言われ、年少の徳治は少年海兵の肩に足を掛けて、軽く押した。海兵は星を映す夜空のような海に落ちる。小さく水が跳ねる音がした。それは足枷が落ちる音よりも静かだった。何事もなかったかのように、海は静まり返る。

ただ徳治の記憶の中に、海に落とされる寸前、肩に足を掛けた瞬間に、「あ」と小さく口を開けた少年兵の打ち震えた瞳だけがこびりついた。

「そんな昔のこと、忘れてたはずなのによぉ」

それが、偶然納戸で発見した帳面の「ＴＯＭ」という文字を見て、そのことが思い出されたのだという。

「寝ようとすると、瞼にあの時の海兵の顔が浮かぶんだ。静かすぎる海の音と、塩っぽい匂いまで蘇って来るもんだからまいったよ。俺も年を取って弱くなったかね。海に落ちた音じゃなくて、その後の静かな海の音を思い出すんだぜ？　不思議だよな」

徳治の話を黙って聞いていた長閑は、『サライ』の曲を処方する。

『サライ』は「心のふるさと」という意味もあるそうだ。亡くなった人はみな、自分のふるさとに無事に帰っている。苦しんでいるのは、生きている人なのだと、そういう想いを込めて処方した。

「とても一曲で癒されるものじゃないと思うけど、気晴らしにね」

長閑はどこか寂しそうに笑っていた。

「おばあちゃん。今日も肩叩いてあげようか？」

それから数日後、満希は『志乃屋』を訪れる。すっかり店は閑散としており、あの客足の多さは一時的なものだったらしい。トメは店内の長椅子に座り、お茶を飲んでいた。

肩を叩いていると、奥の住居部分から、『サライ』が聴こえてくる。トメは嬉しそうに「最近あの人、よく眠れてるみたいよ。長閑先生の一曲のおかげかしら」

満希は自分のことのように嬉しくなった。そして、「関わりたくないから」と徳治の悩みを軽々しく考えていた自分を恥じる。本当の意味で、人と関わらなければ、いつまでも世界は「退屈」だ。

それは長閑に対しても同じだ。靴下のことを聞いてみよう。

「満希ちゃん、ちょっと、力強いかも」

「あ、ごめん」

靴下のことを聞かなくちゃ。

一年が終わる、その前に。

「前に書斎で見つけた、片っぽだけの小さい靴下って……何⁉」

思い立ったら吉日だと、満希は長閑に問いかけた。気になっていることを押し止めていられるほど、胸の中に余裕はない。

「産科医の時、赤ちゃんのために作ってた靴下だよ」

長閑は診察室の椅子に腰掛け、カルテから目を外してにっこり笑う。

「……それだけ？」

一大決心で聞いたのに、長閑は間の抜けた感じで「うん」と返す。

「前にお墓とか言ってませんでした……？」

「その赤ちゃん、流れちゃったからさ」

「そ、そっか」

「ほら満希さん、ご予約の方をお通ししますから、席を外してください」

蘭子に促され、満希は書斎から勝手口を通り、表の扉から待合室に、そこへ付随する受付に戻って行く。カラフルな待合室には誰もいない。満希と入れ替わるように診察室へ入って行ったのだろう。

あれ？　こんな感じ？

　肩透かしを食らったような気分になった。もっと重篤で深刻な展開になると思ったのに、長閑はいつもと変わらない飄々とした様子だった。物事の視点を変えて追究してみれば何か違った状況が見えてくる。長閑と出会い本当の意味で人と「関わる」ことの意味を知ったはずだが、追究しても見え方が変わらないこともあるのかと、少し残念な気持ちになる。

「まぁいいか、長閑先生が苦しんでないなら……」

　たい焼き屋『志乃屋』の主人・徳治のように、口にすることもできない深い悩みを抱えていたとしたら可哀想だと思い切って靴下のことを聞いてみたのだ。長閑が徳治の悩みを解明して、その重く凝り固まった心を少しでも緩めたように、自分も長閑の胸の中にある真っ黒の部分を癒してあげたかった。

　考え過ぎだったのかもしれない。満希は気の抜けた顔をして、受付に立つ。

「すみませーん」

　そこへ、一人の女性が入って来る。

　満希はポカンと開けていた口をパッと閉じ、愛想良く微笑む。

「こんにちは！　初診の方でしょうか？」

「って言うか、長閑先生います？」

「え？」

　年齢は二十二、三歳だろうか。金髪のショートカットで、真冬だというのに短いスカートを履いている。

「いますけど……只今診察中ですので……」

「ちょっとだけでいいから、顔出してもらえない？」

女性はふさふさとしたまつ毛を瞬かせる。

「それは無理です……。診察が終わるまでお待ちください」

「すぐ終わる？」

「いえ、今始まったばかりなので、あと二十分はかかるかと」

大抵一人当たり三十分はかかる。それを見越して派手な格好の若い女性にそう告げたが、女性は「えーっ⁉　そんなに待てないし！」と不機嫌になった。

「私が来たの知ったら、長閑先生も喜ぶのになぁ……」

どういう自信？　と思いながらも、だからと言って、診察を中断させてまでこの女性の要求を通す義理はないと、丁重にお断りする。

「分かったわよ。じゃあ、また近い内に来るから」

女性はフンと鼻を鳴らして踵を返した。カラスみたいな色のエナメル製ロングブーツが地面を鳴らす。

「何か長閑先生に伝言しましょうか？」

「いらなーい」

女性はカバンからスマホを取り出して、満希を一瞥もせずに帰って行った。

「何だったの……？」

長閑の知り合いのようだったが、派手な見た目から正直、接点のあるような人種には思えなかった。診察が終わった後、この女性のことを話したが、「思い当たる人はいないけどなぁ」と長閑も首を傾げていた。

変な人だったなと、暫くその女性の来訪を待っていた満希だったが、数日経つと自然に忘れてしまっていた。

そんな時に、再び「患者ではない」人間がのどか音楽院を尋ねて来る。

夕方の五時くらいだったが、すっかり日が落ちて空は真っ暗である。

「お忙しい所すみません」

三十代前半くらいの男性だ。細身でやや唇が薄く、神経質そうな顔つきだが、温和な笑みを浮かべている。男性は受付に立っていた満希に名刺を渡す。

「私、出版社の文藝夏冬の記者をやっております梨本と申します」

「は、はぁ……」

満希は対応に困り、後ろでカルテの整理をしている蘭子に視線を送る。気づいて、男性の前までやって来た。

「出版社の記者の方が、何か御用ですか？」

「突然お伺いしてすみません。院長の方はいらっしゃいますでしょうか？」

「院長の長閑は只今診察中です」

蘭子は淡々と返す。

「あぁ、そうなんですね。実はこの音楽院の噂をお聞きしまして」

梨本という男はニコニコしながら「ここの病院の院長さんは人の心が読めるとか」

蘭子は鋭い一瞥を梨本に送る。心のメロディのことは特段隠しているわけでもないが、公にはしていない。訪れる患者さんにも、周辺調査を伴わない場合は説明することはなかった。「言ったところで信じてもらえないだろう」という気持ちが根底にはある。

なので、蘭子はどう切り返すべきか悩んでいるようだったが、それを梨本は「警戒」だと思ったのか、取り繕うように、

「あくまで噂ですよ。噂。でも火のない所に煙は立たないですよね」

「それで、だとしたら、どういう御用件なのでしょうか」

「えっ」

蘭子の言葉に梨本は目を見開く。

「その噂が事実だと仮定した場合のことです」

言下に付け加えた。

「あぁ、そういうことですか」

梨本は残念そうに言った。

「もしそうなら、院長さんに取材をさせて頂けないでしょうか？」

「取材？」

満希と蘭子は口を揃える。

「はい。とてもユニークなお医者様がいる病院として、ぜひインタビューをさせて頂きたいのです」

対応に困った蘭子は、長閑に指示を仰ごうと、診察が終わるまで梨本に待合室で待ってもらうことにした。幸い今診察を受けている患者が終われば次の予約は入っていない。待っている間、梨本は気の良い笑顔を湛えて、分厚い手帳を見たり、スマホを見たりして何やら仕事をしているようだった。


「記事にできるようなことはありませんよ」

診察が終わり待合室にやって来た長閑は、梨本の熱心な口説き文句を聞いた後、眉を下げて笑った。

「では、人の感情が読めるというのは……」

「読めるわけないじゃないですか」

しかし梨本は合点がいかないようだ。

「じゃあどうしてそんな噂が立つのでしょうか」

近くの出版社に勤務しているので、よく真田堀や迎賓館といった公共の場で昼休みを過ごすらしい。そこで近所に住んでいる人たちから、音楽院の話を小耳に挟んだのだとか。

「不思議です。何か思い当たる節はありませんか？」

長閑はお茶を濁そうとしたが、梨本は食い下がる。遂に「信じるか否かはあなたが決めることですが」と前置きをして、人の心がメロディとして聞こえることを話した。

「メロディって……音楽ってことですか？　それは既存の曲で？」

梨本は目を丸くする。

「そうです。ジャンルはバラバラですが、この世に存在する曲が、その人のその時の感情を表すものとして聞こえてきます」

大抵の人はここまで聞いて「冗談でしょ？」と笑い出すか、「何言ってるのこの人」と気味悪がるかの二択である。受付に控えている満希と蘭子も緊張しながら梨本の反応を伺う。

意外にも梨本は笑い出しも、嫌厭する様子もなかった。それどころか、どこか興奮した面持ちで、「で、では、私の心のメロディは分かりますか？」と聞いてくる。

「梨本さん、それは治療の範疇になりますから、無償の取材である今の段階でお答えするわけには」と蘭子が止めに入ったが、

「さっきからずっと聞こえてますよ」

長閑はそれを制した。

「何ですか？」

「グスタフ・マーラーの交響曲第一番『巨人』です」

「マーラー？」

「ご存知ですか？」

「いえ……」

グスタフ・マーラーは十九世紀のオーストリアで活躍した指揮者、作曲家だ。

「そ、それより、それが一体何を表してるんですか？」

梨本はマーラーのことよりも、長閑の発言を心待ちにしているようだ。のめり込むようにして言葉を待つ。

「分かりません」

「え？」

「心のメロディだけで感情が分かる場合もあるのですが、そうじゃないことも多いんです」

それを聞くと、梨本は目に見えてがっかりとする。まるで自分の心の裡を解き明かしてくれるのを待っていたかのように。「そうですか……」と呟いた時には、力を込めて持っていたペンのフタを付け、メモをしていた手帳を閉じる。熱した鉄が冷めるが如く帰り支度をする。

「全くのデマだったということですね。心のメロディが聞こえるというのはあれですか、ツリですか？　確かに今の世の中、何の個性もない病院じゃ経営も難しいでしょうけどね、あんまり奇抜な誇張をすると後々苦しいですよ」

大きな斜め掛けの茶色いカバンを背負うと、梨本は先ほどの人の良さそうな顔を一変させ、脱力しきった口調でしゃべりだす。

満希と蘭子はその豹変ぶりに目を白黒させた。

「お時間を取らせました。失礼します」

気怠そうに頭を下げると、扉の取手に手を掛ける。

満希は「早く帰れ」と心の中で毒づいたが、意外にも長閑は梨本を止める。

「待ってください。先ほどうちの看護師が申し上げた通り、心のメロディを聞くことは治療の範囲になります」

「……はぁ？」

梨本は戸惑いながらも、失笑した。

「何ですか？　まさか治療費を払えと？」

「本来なら代金を頂きたいところですが、今回は特別に必要ありません」

穏やかに微笑んでいる長閑に、梨本は意図が分からずに首を傾げる。

「その代わり、何か悩みがあるなら、少しばかり相談していきませんか？」

「悩み？」

「あなたの心のメロディである『巨人』からは、悪い意味で激しい感情を感じられます。暗い、を通り越して絶望的な。何か気に病んでいることがあれば、お聞きしますよ」

満希は、また長閑の「お人好し」が出た、と思った。梨本から聞こえる心のメロディを聞いて、負の感情を感じ取り、見て見ぬふりをすることができなくなったのであろう。

「悩みはありますよ。数えきれないほどね。けど、人間なら誰しもあるでしょ」

「そうかもしれません。けれど、私に協力できることがあれば、なんなりと」

「あなたに話したって、時間の無駄ですよ」

しかし梨本は全く取り合わず、「お邪魔しました」と扉を開けて出て行った。

長閑は苦笑して「仕方がないか」と呟く。

「放っておけばいいのに」

ボソッと言うと、長閑は満希を見る。

「そうだね」

長閑は凍てついた冬の空みたいに微笑んだ。


梨本京介は、紀尾井町付近にある出版社に戻って来ていた。

「お前だけだぞ、まだ特集のネタ掴んでないのは！」

梨本はデスクの前で後ろ手に組んで立ち、自分を怒鳴りつける編集長の顔を、口をへの字にして見ている。

編集部全体を覆う煙草の煙が、二カ月前から禁煙している梨本にとっては高級料理の湯気のように思える。

梨本の所属している「週刊ＡＳＳ」は、政治家の汚職や芸能情報を取り扱うゴシップ雑誌だ。三年前、父親の紹介で記者として入社した梨本は、一流大学卒の同僚たちから「コネ入社」だと陰口を叩かれないよう必死に特大スクープを追い求めていた。頭の良いやつらに政治知識では敵わないから、アイドルの誰々と誰々が付き合っているとか、おしどり芸能人夫婦の泥沼離婚裁判とか、そういう芸能情報をネタに記者としてある程度の実力をつけて来たつもりだ。

しかし、ここ最近はめっきり鼻も鈍くなった。掴む情報はデマかツリばかり。世間を沸かせるような誌面を作れるほどの有力な情報が集められず、活躍している先輩の手伝いばかりしている。

アイツと結婚してからだよな、と梨本は編集長に怒られながら、ぼんやりと考える。

二年前に、元アイドルが働いているというタレコミがあったキャバクラに潜入取材に行ったことがある。その際、内密で自分に協力してくれた従業員の女性と、半年前に結婚をした。プロポーズの言葉は「一生君を守りたい」だ。彼女は付けまつ毛をバサバサ瞬かせて、「何から？」と笑った。いつも斜に構えているような、ちょっと生意気な雰囲気のある彼女の、幸せそうな笑顔はとても可憐だった。何から彼女を守るべきかは決めていなかったが、一生大切にしなくちゃな、と強く思うようになった。

「今年中に独自スクープを掴んで来れなかったら、梨本、お前記者辞めろ」

「えっ!?」

突然の通告に、我に返る。

「や、辞めて、どうするんですか……？」

「そんなこと自分で考えろ」

編集長は苛立ちながら、吸っていたタバコを灰皿に押し付けた。

乱雑な編集部内で、デスクワークをしていた同僚が「ふ」と笑った。

ムカッとしてそいつを睨むが、同僚はサッと顔を下げる。

「うちには、ネタを掴める記者しかいらないからな」

梨本は茫然とする。記者を辞めるわけにはいかない。半年前に結婚した妻のお腹には子供がいる。お金が必要な時期だけに、仕事を失うわけにはいかない。ただでさえ、自分の仕事がうまく行ってない所為か、新婚にもかかわらず夫婦仲にも暗雲が立ち込めているのだ。ここで無職になることは、絶望的な話だった。

編集長は厳格で、正義感の強い人間。何十倍もの倍率を潜り抜けて入社してくる有能な若者を押しのけ、コネで入社してきた自分のことを最初から快く思っていなかった。

真っ白になった梨本の頭に、ふと、出社途中で半ば自棄になって飛び込み取材をした、うさん臭い病院が浮かんだ。普段なら「アホらし」と相手にしないネタだったが、少しでも面白い話題に繋がるなら、と足を運んだ。結果は妙に若い男が医者だと出て来て、「悩みをお聞かせください」とか、本当に時間の無駄だった。

いや、だけど……。

自分のデスクに戻り、分厚い手帳を開く。

ネタがないのなら、自分で作ればいい。あの病院も「心のメロディが聞こえる」などと言って、病院の「売り」を作っていたではないか。ゼロから一を作るのは「嘘」だ。だが、一を十に膨らますのは、ゴシップ誌の記者としては力量の一つなのではないだろうか。

あの医者も、協力できることがあればなんなりと、と言っていたではないか。

「じゃあ……協力してもらおうじゃないか」

思わず口をついて出た言葉に、隣のデスクに座る国立卒の後輩が嘲笑した。

「先輩、独り言はハゲますよ」

梨本はカッとなったが、すぐに自分のパソコンを起動する。

最高の記事を書かなければ。


「えええっ!?　何この記事!?」

学校帰りに音楽院を訪れた満希は蘭子から見せられた「週刊ＡＳＳ」の記事に驚愕した。

「信じられませんよね」

蘭子は冷静さを保ちながらも、怒り心頭という様子だ。

記事には、『人の心が分かる!?　不思議ちゃんな医者がいる病院』と見出しが打たれている。「四ッ谷駅から徒歩15分、紀尾井町の坂の途中にあるのどか音楽院には……」で始まる記事は、のどか音楽院を小馬鹿にしたテイストで批判する内容だった。

「人の心が曲で聞こえると言い張る院長Ｎ氏は、『じゃあ実際に私の考えていることを当ててください』と提案したところ、『分かりません』とうさん臭い笑顔を浮かべ……」や、「取材の一環としてお願いしたことに、治療代を請求して取材陣を困らせ……」など書かれている。

「この記事を書いたの、以前突然やって来た梨本とかいう記者ですよね」

「その人しかいないでしょ!!」

記事を読み終わった満希は、雑誌を勢いよく閉じる。

「しかも百パーセント作り話じゃないところが、より一層たち悪い！」

記事に書かれている内容は、確かに長閑と梨本との間で交わされたものだ。しかし読者に誤解を招くような書き方を、敢えてしている。

「こんな侮辱的な記事を書いて、それを全国誌に掲載するなんて信じられません。病院の住所も名前も出しておいて、こっちの承諾もなしにですよ？　非常識も甚だしいです！」

「ホント！　有り得ない!!」

満希は誰もいない待合室のソファに、その雑誌を投げつけた。

暢気に座っていた長閑が「うわ」と驚いて、その雑誌を拾い上げる。

「営業妨害、及び名誉棄損です。すぐに出版社へ電話しましょう。最悪、裁判沙汰になっても致し方ありません」

「電話番号調べるね」

満希がスマホを取り出すと、雑誌を読んでいる長閑は「すごい言われようだね」と笑っている。それを見て、満希は「笑ってる場合じゃないでしょ！」と睨みつけた。

「うーん……でもさ、放っておけばいいんじゃないかな。記事の大きさも半ページだけだしさ……」

「誌面の大きさの問題ですか？」

「そういう問題じゃないかもしれないけど……。でも、俺みたいな町医者のゴシップに、興味ある人なんているのかなぁ」

そう言われてみればそうだ。診察を受けた人間は「あら」と思うかもしれないが、それ以外の、のどか音楽院の存在自体知らないような人にとっては、その医者が不思議ちゃんだろうが、何だろうが、至極どうでもいいことではある。

「医療ミスをしたとか、そういう話題で取り上げられてるわけでもないし」

「先生がそうおっしゃるなら……」

「こんな小さな記事、どうせすぐに忘れられるよ」

院長である長閑が気にしていないのならと、満希は調べていた出版社のページを閉じた。

蘭子は「週刊ＡＳＳ」を長閑からもらうと、勝手口外のゴミ箱に勢いよく投げ入れた。


「一応載せたけど、まだ弱いからな」

デスクの前で立たされ、釘を刺される。編集長は真っ白い煙を吐いて、自分が書いたのどか音楽院の記事が載った「週刊ＡＳＳ」を指で叩いた。

「リアリティがあったから採用はしたが、誰も知らないような町医者のネタだけじゃ、記者として食っていけるわけないって、分かるよな？」

梨本はペコッと頭を下げて、自分のデスクに戻った。

もちろん、これだけじゃダメなのは分かっている。苦し紛れに記事にして、首の皮一枚繋がっただけだ。

「もっと話題にしないと……」

またもや頭の中で考えていたことが口に出てしまい、隣の後輩から馬鹿にされるのではないかと身構えたが、幸いにも後輩は席を外していた。ホワイトボードを見ると、「城之内→大泉総理賄賂事件取材：直帰」と書かれている。梨本は「負けるもんか」と唸った。学歴でも知識でも敵わない。それなら自分にできることをやるだけだ。

梨本はツイッター上やフェイスブックに、のどか音楽院の噂を流す。もちろん、自分が記事に書いた嘘の内容をである。まとめサイトやブログも立ち上げる。自社がやっているネットニュースにも掲載させた。ＳＮＳやネットユーザーが食いつきそうな見出しを付けて、どうにかクリックしてもらえるように工夫した。

深夜になるまでデスクで作業をして、ツイッター上で大分拡散がなされたことを確認し、一息つく。無性にタバコが吸いたくなったが、我慢した。禁煙しなければ妻に怒られてしまう。梨本は無機質な編集部の天井を見て、深い溜息を吐いた。

梨本の努力の甲斐があってか、長閑の思惑を外れ、音楽院の悪評は世間に広く知れ渡る結果となった。

「院長さんいらっしゃいますか？」

「新手の宗教団体だというのは本当ですか⁉」

「法外な治療費を請求して、信者を破産させたというのは事実ですか⁉」

いつもは静かなのどか音楽院の前を、大勢の新聞社、出版社の人間が取り巻いている。

そんな日々が、もう一週間以上続いていた。

「大変なことになったね」

診察室では、長閑と蘭子、満希が膝を寄せ合い座っている。

「このままじゃ、通常の業務ができません」

「そうだよ、せっかく通院してくれてる患者さんも離れていっちゃうかも」

蘭子と満希に詰め寄られて、長閑は苦笑する。

「しかも、当初の記事よりもかなり誇張された情報が流れているようです」

外では「ちょっとくらい話聞かせてください！」「やましいことでもあるんですか⁉」と怒号が飛んでいる。

「悪い意味で有名になっちゃったね……」

満希が言うと、「本当にねぇ」と長閑は相変わらず穏やかに返す。

「長閑先生、暢気に笑ってる場合じゃないよ。今朝ヤプーニュースにまで載ってたよ。『怪しい医院、信者を募る』って」

「俺笑ってる？」と返され、長閑にとっては笑顔が真顔なのだと知り、満希は驚愕する。

「友近、今日の予約は何件入ってる？」

「十二件です」

「そうしたら、その方々に連絡を取って、勝手口から入ってもらうようにしよう」

「はい」

蘭子は姿勢良く立ち上がると、ただちに受付へと向かった。

「出版社にも抗議の連絡する？」

満希は再びスマホを取り出したが、長閑が止めた。下手に反論して騒ぎを大きくするよりも、嵐が過ぎるのを待つ方が良いという判断だった。

「こっちはあくまで毅然とした態度で、来てくれる患者さんには真摯に対応しよう。それだけで充分さ」

「……分かった」

長閑のことが心配だったが、だからと言って、この状況で自分にできることはない。匿名で出版社に抗議しても、先方に新たな記事のネタを投入するだけかもしれないと思うと、長閑の言う通り「相手にしない」ことが一番の方法に思えた。

しかし、二週間経つと、のどか音楽院を取り囲む取材陣の数は倍に膨れ上がった。

「もう、我慢できません」

通りがかりにのどか音楽院を見つけ、立ち寄ろうとした女性が、路地裏で隠れていた取材陣に詰め寄られ、結局その女性は逃げるように去って行ってしまったという事件を聞き、蘭子は憤慨した。

「本当に営業妨害です。警察に通報しましょう」

「待って。そっちの方が大事になりそうだよ」

「じゃ、じゃあどうするんです？」

「とにかく、予約してくれる患者さんを大事にしよう。今日の件数は？」

「……三件です」

近頃は予約の件数も減っている。やはり、のどか音楽院のあらぬ風評を聞いて、遠のいてしまう患者は少なからずいるようだ。悄然とした様子の蘭子を見て、長閑は苦笑しながらも「どうしたものかね……」と頭を抱えた。

そこへ、俄かに入口前が騒がしくなる。

「どいてくださいってば！」

自宅からやって来た満希が、カメラやマイクを持った大人たちに囲まれているのだろう。

「話すことなんてありません！　うちは公明正大に医療行為を行っています！」

入口をピシャッと締める。裏口ではなく、わざわざ表の入口から入って来たのは、満希も相当腹に据えかねて、一言言ってやらなくては気が済まなかったからだ。

取材陣に囲まれた所為で、ぐちゃぐちゃになったポニーテールを直しながら、満希は診察室に入る。「言ってやった！」という顔をして、少し満足げだ。

「書斎の整理してくる！　今年も後少しで終わっちゃうしね」

満希が書籍の並び順を整えていると、扉がノックされて長閑が入って来た。

「片付け、大分進んでるみたいだね」

「うん、今年中には終わりそう」

長閑はニコニコしながら、後ろ手に扉を閉めた。

「患者さんは？」と聞くと、「夜まで予約はないよ」とのこと。満希は押し黙った。自分がアルバイトを始めたばかりの頃の音楽院に戻ってしまった。

「グスタフ・マーラーの『巨人』については調べた？」

「えっ」

「ほら、前にやって来た梨本さんていう記者の……」

「違う、覚えてるけど……」

驚いたのは、その記者の所為で音楽院が大変なことになっているのに、長閑が心のメロディを頼りに、悩みを探ろうとしていることだ。

「調べるわけないでしょ？　あんなやつの悩みなんて知らないもん！」

「そっか」長閑は苦笑して「じゃあ俺が調べようかな」と参考になりそうな資料を手に取る。それを見て、満希は長閑が開いた大判の書籍を勢いよく奪い取った。長閑は口角を上げたまま、目をパチパチさせる。

「何？　満希ちゃん……」

「あの人の所為でこんなことになったのに、悩みなんて調べてあげる必要ないでしょ？ それにもう来るわけないじゃん」

「そうかもしれないけど……」

「けど、何？」

「結構深刻なメロディに聞こえたんだ。もしもう一度ここに来てくれたら、その時はしっかり悩みに対処できるようにしておきたくて……」

「だから、その本返してくれる？」と微笑んだ長閑に、満希は肺の奥の奥の奥から息を吐いた。

「長閑先生って……どこまでお人好しなの」

満希は呆れ顔ながら、長閑に資料を返す。

「どうせ悩みなんて記者として行き詰まってるとか、成績不振とか、そんなもんでしょ。仕事できそうな感じじゃなかったし」

「そうかもね」。長閑は資料を捲りながら「けど、そうじゃないかもしれない」

「え？」

「自分が思ってるより、自分以外の人って大きな悩みを抱えてたりするものじゃない？」

満希は一瞬ドキッとした。時折見せる、大人びた長閑の横顔。

「だ、だとしても、自分に迷惑かけたやつのことなんて、知らないし」

長閑は小さく微笑みながら、満希の言葉を敢えて受け流し、資料に目を落とす。

強がりでそう言い返したが、音楽院で患者に接する内に、他人の感情とか、悩みとかを、自分のことのように感じられるようになり、長閑の言わんとすることも分かって来ている。ましてや、心のメロディとして絶えず他人の感情に晒されていたら、この世界の誰よりも、他人と自分の境界が薄くなるのではないだろうか。

「……私、CD聴いてみるね」

満希は『巨人』のCDを探し、パソコンに差し入れた。

これが、長閑なのだ。自分の経営している音楽院の患者が減ったことよりも、たった一人の「悩み」を解明することの方が大切なのだ。

それは理屈じゃない。「どうしてそこまで」とも思う。けれど、満希はそんな人の近くにいられることをとても幸福なことに感じ、助手でいられるのは誇らしいことなのだと思うようになっていた。

「満希、まだあそこでアルバイトしてんの？」

放課後、足早に音楽院へ向かおうとした所を、晴美に下駄箱で呼び止められる。

「大丈夫……？」

隣には維もいて、おずおずと聞いてくる。もちろん「何が？」と返す。晴美と維は顔を合わせ、何か言いたげである。

「おかしなことに巻き込まれない？　満希」

「何よ、おかしなことって」

「ま、マインドコントロールとか……」

「はぁ？」

晴美と維はネットニュースになっているのどか音楽院の噂話を知り、自分のことを心配しているようだ。その気持ちは嬉しいが、実際長閑に会ったことのある二人が、本人よりも無責任なネットのニュースを信じたことに、ムカッとした。

「大丈夫に決まってるでしょ。何言ってんのよ」

晴美と維は「でも、満希のことだからなんか暴走してんじゃ……」というような目で見る。

そこへ、エレキギターを背負った田中が通りがかる。一カ月前から友人に誘われたとかで、軽音部に入っていた。

「田中！　今週の土曜日も来れないの？　書斎の整理、あともう一息なんだけど」

呼び止めると、田中は「へっ」と逃げ腰になる。

「そ、そのことなんだけど、親が危ないから行っちゃいけませんて」

満希は一瞬耳を疑った。

「危ないから？」

「いや、俺は大丈夫だって言ったんだけどさ、親が雑誌読んで心配しちゃって、過保護で困るよなぁ。ははは」

「お、親ぐらい説得してよ」

満希の母親は長閑の診察を受けたこともあり、世間で騒がれていることが全くのデタラメだと理解している。


「えっと、うん……また今度！」

田中は脱兎の如く廊下を駆け逃げる。

何だか、怒りを通り越して、悲しくなってきた。

「やっぱり辞めなよ、満希ちゃん……」

「うん、だってさ、やっぱり心のメロディが聞こえるなんて有り得ないでしょ……。そんなこと言って患者さんを呼び込んでるお医者さん、信用されなくても当然だと思う」

「呼び込みなんかじゃないよ！　先生の力はちゃんと……」

「えっ⁉　まさか、満希、本当に信じてるの？」

「それがマインドコントロールなんじゃ……」

怯えたような表情を浮かべる晴美と維に、満希は喉を詰まらせる。常識的に考えれば信じられなくて当然だ。もし自分が逆の立場でも、晴美たちと同じ反応をするだろう。

悔しくなる。どうして真実が嘘に勝てないのだろう。

「も、もう私のことは放っておいてよ！」

「満希……！」

満希は急いで靴を履いて、校舎を出た。晴美と維が呼び止めるのも聞かず、一目散に音楽院へと駆け抜ける。音楽院を取り囲む大人たちの数は相変わらずで、重たそうなカメラ機材を持った人々が周囲にたむろしている。満希が中に入ろうとすると、磁石が砂鉄を集めるように、一斉にワッと集まって来て「ここでバイトしてる子？」「高校生？」と声を掛けて来た。無視していると、茶髪の若い男が「洗脳されてるって本当ですか？」と投げかけて来たので、思い切りガンをとばしてやった。

待合室には誰もいなかった。受付の台に挟んであるスカスカになってしまった予約表を見ると、丁度診察中らしい。今日の予約は一人。常連の浜岡さんだけ。また世間話に来たんだろうけど、こんな状況になっても音楽院を訪れてくれることは心強い。満希は受付に座り、曇りガラス越しに見える不躾な大人たちの影を睨んでいた。

「ちょっと、何なの？」

俄かに、扉の外が騒がしくなった。女性の高い声が響き、曇り硝子に鮮やかな金色の髪の毛が透けて見える。

「退いて!!」

言うなり、入って来たのは、以前長閑を尋ねてやって来た若い派手な女性だ。

「患者ですか!?」「ちょっとだけでもお話をー!!」と群がる取材陣を跳ね除け、バタンと荒く扉を閉める。

「何の騒ぎなの？　鍵締めなくて大丈夫!?」

今日も短いスカートを履いている女性は、扉の外を指差しながら言った。

「気にしないでください。中には入って来ないのでご安心を。むしろ入って来てほしいんですけどね。そしたら不法侵入で警察に届けられるのに」

苛立ちを滲ませながら応えると、女性は「はぁ」と要領を得ない返事をする。

「まぁ、どうでもいいけど。で、長閑先生呼んでもらえる？」

運悪く診察中であることを告げると、女性は「またぁ？　もーっ！　ついてないなぁ」と頭を抱える。

「ご愁傷様です」

「じゃあまた来るけど、一応先生にこれ渡しておいてくれる？」

女性は黒いエナメル鞄から一枚の名刺を手渡した。

「……昼キャバクラ『エリーゼ』……ももこ♡……？」

名刺の下には、お店の住所と電話番号が書かれている。

「そ、お昼ならいつでもいるから」

キャバクラ嬢がいよいよ長閑に何の用なのか、まさか長閑の馴染みの女性なのだろうかと、知ってはいけないことを知ってしまったような、後ろめたさのようなものを感じ、言葉に詰まる。

「それじゃあ、よろしく」

「ももこ」という女性は、ニコッと笑いのどか音楽院を後にした。外では再び取材陣に囲まれているのだろう。「邪魔だってば!!」という「ももこ」の甲高い声が聞こえた。

診察が終わってすぐ、長閑に名刺を渡した。蘭子も傍にいるのに、このような物を渡して良いのか迷ったが、案外蘭子も「ももこ」のことは知っているかもしれないと構わず差し出す。

「ももこ……？」

「昼キャバクラって……先生、行ったことあるんですか⁉」

長閑も蘭子も見覚えのない名前だったようだ。

「場所は……中野か。中野のキャバクラなんて行った覚えないけどなぁ」

「な、中野じゃなければあるんですか⁉」

蘭子は驚愕する。

「付き合いでは、何度か」

「あ、付き合い。そうですよね。そういうお付き合いもありますよね。それなら仕方がありませんね。そうですか。へぇ～……」

目に見えてホッとした蘭子は、いつもより饒舌になる。その様子は端から見るとかなり面白い。満希は笑いを押し殺しながら、

「本当に知らない？　向こうは『長閑先生が私に会えたら喜ぶ』とまで言ってるんだよ？」

「そう言われても……」

長閑はピンク色の名刺を眺めながら「ももこって、まさか……」

「何か思い出した？」

思い当たる節があったのか、長閑は食い入るように満希に言った。

「見た目って、どんな感じの人だった？」

「ミニスカの、金髪で、派手な感じの……」

「右目にほくろとか合った？」

「あっ、うん！　泣きぼくろがあるんだって思った！」

それを聞くと、長閑の表情は一変した。いつもの穏やかな長閑ではない。

「桃子ちゃん……会いに来るなんて、何かあったのかな……」

言下に、長閑は席を立ち、二階の住居部分へと向かった。

「先生？」

満希と蘭子は慌てて、後を追った。

自宅のリビングに入った長閑は、白衣を脱ぎ捨て、「ももこ」の名刺を財布の中に入れる。

「ちょっと行ってくる」

「えっ」

トレンチコートを着込み、紺色のマフラーを巻くと、玄関に佇む満希と蘭子の前で靴を履く。その様子は何かに急かされているようだ。

「何言ってるんですか。今外に出られるわけないいじゃないですか」

音楽院の周囲には、大勢の取材陣が取り囲んでいる。事態の発端となった雑誌が発売されてから、長閑は一歩も外に出ていない。必要な買い出しは全て蘭子か満希が行っていた。一歩でも長閑が外に出れば、満希たちや患者以上に大きな騒ぎになるのは目に見えている。

「でも、行かなきゃ」

靴を履き終わると、満希と蘭子の間を通り抜けるようにして玄関を出た。

「先生！」

訳の分からぬまま、満希と蘭子は長閑の後ろから階段を下りる。

こんなに緊迫した様子の長閑は初めてだ。困惑したまま、蘭子は長閑の後ろ姿に叫ぶ。

「危険です！　記者の中には噂を信じて、本当に先生を糾弾しようとしてる方もいるんですよ!?」

「大丈夫。余計なことは何も言わないから」

「そういうことではなくて……」

階段を降り切り、勝手口から外へ出ようとする。

「せ、先生！　でも、もう夕方だし……。『ももこ』さん、お昼は絶対いるって言ってたよ」

満希は通せんぼするように、長閑の前に踊り出た。

「一刻も早く会いたいんだ。会えなくても、本当に桃子ちゃんなのか確かめたい」

普段の長閑なら、人の言葉に耳を貸さないような態度を取ることはない。しかし今は説得の余地がまるっきりないように感じる。

「ごめん、行ってくる」

長閑は勝手口の扉を開けた。

途端、無数のフラッシュが襲う。日が落ちた薄暗い路地から、蝉時雨のようなシャッター音が響いた。

「院長さん!!」

「話を聞かせてください！」

「医師免許をお持ちじゃないというのは本当ですか!?」

「確認させてください！」

満希たちが想像した通り、初めて姿を現した長閑に、勝手口にまで待機していた取材陣は今までになく高揚して詰め寄って来た。二十近い手持ちの録音機の「じー」という音が長閑の顔元に集まる。

「すみません、通してください」

長閑の声は掻き消される。

押し寄せ来る波の如き記者たちを、潜り抜けるように進もうとするが、

「無免許での医療行為は犯罪ですよ！」

「代金はぼったくりじゃないと証明できますか!?」

憤りを帯びた新聞、雑誌記者たちの勢いに押されて前に進めない。

「や、止めてください！」

蘭子は叫んだが、渦中にいる長閑を助けられるほどの力はない。

満希も抗議したが、紫色の空に虚しく響くだけだ。

しかしその混乱の中で、

「長閑、こっちだ！」

鳩が餌に群がるように集まっている集団の中から、長閑を引っ張り出した逞しい腕があった。

「久留麻」

長閑は急に開けた視界に、上背のある久留麻の姿が見えて、驚きの声を上げた。

「すぐそこに車を停めてある」

大通りに停車していたミント色の小型ワゴンに乗り込むと、急発進させる。助手席に座った長閑は、慌ててシートベルトをした。

「どうしてここに……」

「雑誌の記事を知って様子見に来たんだよ。……詳しくは後で話す」

久留麻はバックミラーを一瞥する。

「追って来てるな」

「え？」

「後ろの白い乗用車に、張り込んでたやつらが乗ってやがる」

久留麻はハンドルを激しく右に切った。ワゴンはぐるりと旋回し、唐突に路地に入った。

車中は遠心力で身体が浮きそうになる。

「久留麻、安全運転を……」

車間すれすれの狭い路地を、猛スピードで駆け抜ける。少しでもハンドル操作を誤れば、壁に激突してしまうのに。

「もうちょっとスピード落とせって……！」

「大丈夫。俺の免許はゴールドだぜ」

「それは……あんまり運転してないからだろ」

「アタリ」

久留麻は再びバックミラーを見た。後方にあった白い乗用車は、みるみる内に小さくなっていく。

「……撒けたか」

再び大通りに出ると、路上脇にワゴンを停車させた。

長閑は深く息を吐いて、久留麻を小さく睨んだ。

「生きた心地がしなかったよ」

「仕方ねぇだろ。むしろ感謝してほしいんだがな」

「まぁ……ありがたかったけど……」

「素直じゃねぇなぁ、で、どこに行くつもりだったんだ？　まさかコンビニ行くために外に出たんじゃねぇよな？」

「そうだ、ここに……」

長閑は財布から名刺を出して、久留麻に見せる。

「キャバクラ？」

久留麻は怪訝な顔をしたが、「桃子ちゃんが俺に会いに来てくれたみたいで、今はここに勤めてるらしいんだ」と説明する。

「桃子って確か……」

久留麻は長閑の神妙な横顔を見つめた。長閑は何も言わずに、小さく頷く。

「分かった、乗せてってやるよ」

すぐに、久留麻は中野のキャバクラに向かってくれたのだが、生憎「ももこ」は出勤していなかった。長閑は店内のスタッフに「ももこ」の話を聞いて、「ももこ」が「桃子」である確信を得たようだ。

「お邪魔しました。また来ます」

長閑はネオンギラギラのお店を出て、閑散とした路上に停車しているワゴンに戻る。久留麻は運転席に座ったまま、缶コーヒーを飲んでいた。

「会えたか？」

「いや……」

そこに、長閑のスマホが鳴る。蘭子からの着信だ。長閑が音楽院を出て行ってから、取材陣の数が膨れ上がり、テレビカメラまで来ているので、今日は戻って来ない方がいいという内容だった。

「分かった。今日は帰らないよ。ありがとう」

そう言って、スマホを切る。

「帰れねぇのか?」

「うん」

長閑は窓の外を見る。プラスチックのゴミ箱から、ゴミが溢れ返っている横を、酔っ払いの中年サラリーマンが千鳥足で歩いている。

「俺ん家に泊まるか?」

「え?」

「帰れないんなら仕方がないだろ。実家にだって……」

久留麻は缶コーヒーをドリンクホルダーに置く。長閑は久留麻をまじまじと見た。

「……何見てんだよ」

「いや、お前も案外お人好しなんだなと思って」

「今頃分かったのか」

照れ臭そうに笑って、ワゴンを発進させる。大通りを走り、暫くして再びワゴンは停まった。停まったその先には、夜闇の中で燦然《さんぜん》と輝く荘厳な建物があった。

「ここは……」

長閑は窓越しに、その建物を見る。四年前まで、自分が働いていた巨大な総合病院だ。夜の九時近いというのに、無数の窓にはまだ明かりが灯っていて、救急車が絶えず出入りしている。

久留麻の自宅マンションとは反対方向のはずだと、長閑がなぜ自分をここに連れて来たのか、問い詰めようとするより先に、久留麻が口を開いた。

「戻って来いよ」

久留麻はドリンクホルダーにある缶コーヒーを飲む。

「あれからよく考えたけどよ、言われた通り自分のためにお前にこの病院に戻って来てほしいってのも、気持ちの中にはあるよ。けど、それだけじゃない。お前がふさわしい場所はここだと思う。お前が本当に必要とされてるのは、ここなんだよ」

長閑は懐かしい病院を見詰めたまま、黙っている。

「今の所は、あんだけ大きな風評被害にあっちまったら、もう立ち直すのは難しい。それは分かるだろ？　いい機会だと思う。諦めてここに戻れ。口利きは俺がしてやるから心配ない。ブランクもフォローできるような体制にしてもらえるよう頼むよ」

長閑は久留麻の申し出がどれほどありがたいことかは、分かっていた。そしてここを去る時はひどく恐ろしい物に見えていたこの病院が、今は宝物のように輝いていることにも驚いた。恐怖も後悔も、時間の流れが消し去ってくれたのだろうか？　だとして、ここに戻るべきなのだろうか。

「……考えさせてくれ」

絞り出した言葉に、久留麻は何も言わず、ワゴンを発進させた。ドリンクホルダーに再び置かれた缶コーヒーはすっかり冷えてしまっていた。

いよいよ、のどか音楽院の患者の出入りはゼロになる。

満希は学校帰りにも土曜日も必ず訪れたが、蘭子はいつも受付で難しい顔をして立っている。この日も、学校帰りに音楽院へ足を運んだが、蘭子はマネキン人形のように姿勢良く立っていた。

「患者さんは……」

蘭子は虚しく首を振る。

長閑は朝から書斎にいるという。と言うことは、朝から誰も来ていないということだ。

満希は寂しそうな蘭子に掛ける声も見つからず、書斎へと向かった。

このままでは、本当に音楽院を続けていけなくなるのでは？　と不安に駆られながら、扉をノックして中に入る。長閑は、書斎机の椅子に座り、俯いていた。

その手元を見て、ギクッとする。片方だけの小さな靴下を、長閑は両手で握り締めていた。祈るかのように。

「は、入って大丈夫だった？」

「大丈夫だよ」

振り返った長閑には、いつもの笑顔が戻っている。

「何か用？」

「う、ううん、先生何してるかなーと思って」

ふと長閑の膝元を見ると、一冊の書籍が開かれて置かれている。そこには「グスタフ・

マーラーの人生」と書かれていた。満希はそれを見て、フッと笑った。安心したような気持ちになった。

「私も調べてみるね」

満希が微笑むと、長閑も鏡のように微笑み返した。


「あともう一押しなんだよなぁ！」

梨本はデスクで呟いて、編集部内をキョロキョロする。良かった、誰もいない。生意気な後輩に「つぶもと」とあだ名を付けられていることは知っている。独り言をブツブツ呟くから「つぶもと」。くっそ、馬鹿にしやがって。

だが、コネ入社で入った無能記者というレッテルも、この前書いたうさん臭い病院のネタが世間で多少なりとも注目を浴びているため、薄れかけている。編集長からも「最初は弱いと思ったが、中々好評のようだな」と声を掛けられた。あの厳格な編集長から褒め言葉を引きだせるのは珍しいことだ。

「けど、あくまで噂の段階だからな」

立証したいのだ。あの医者を名乗る男が、本当に「心のメロディが聞こえない」ことを。そして世間に陳謝させたい。それで自分の一大仕事は完璧に完結する。悪を暴き、そして謝罪させる。それを最初から最後まで成し遂げた業績は、自分の記者人生の最大の強みになる。

そうすれば、アイツも……。

梨本は妻のことを思い出した。最近、どうも怪しい。単刀直入に言えば他の男の影がちらつくのだ。結婚して、思っていたより俺に甲斐性がないと分かったのだろうか。独身の時は「大手出版社勤務」というだけで寄って来る女はいた。妻もそういう目論見で俺と結婚したのに、能力給の記者で、しかもリストラ寸前の崖っぷちだと知り愛想を尽かしたのだろうか。直接相談できればいいが、妻も仕事があるし、最近機嫌が悪くてゆっくり話す時間もない。悪い想像ばかりが広がる。

「……よし、もういっちょ動きだすか」

梨本はまた独り言を言って、席を立った。


「もう一度取材をさせてください」と梨本が音楽院を訪れたのは、十二月の中頃だった。満希は塩を撒いて追い返したい気分になり、蘭子は辟易して二の句が告げないでいる。

「これは弁解のチャンスですよ」

詰め寄せる取材陣の中から、どういう技を使ったのか（発端となった雑誌の記者だからか？）、待合室に入って来た梨本は、困り顔の長閑へ得意げに言う。

「俺の上司も立ち会います。他の記者や編集者も。その場であなたが心のメロディを聞いて、他人の考えていることを的中できたら、広がってしまった風評も全てデマだったと証明できます！　それだけじゃありませんよ。もしもその力が事実なら、テレビ番組とかにも引っ張りだこですよ。どうですか？　悪い話じゃないと思うのですが」

　蘭子は腕を組みながら、氷柱を通り越して剣の切っ先のような視線を梨本に送る。

「その前に、何か言うことがあるんじゃないですか？」

「え？　あぁ、確かに私の書いた記事がきっかけで悪い噂が広まってしまったことは謝ります。でも、それは私の所為じゃないでしょ？　なのに、その悪評を払拭する機会を設けようとしてるんですから、むしろ感謝してほしいくらいです」

「ふざけるな！」と満希が叫び出すより先に、長閑が口を開いた。

「取材をお受けできません、お帰りください」

「どうしてですか？　せっかくのチャンスなのに」

「これ以上関わり合いになりたくないからです」

　穏やかな表情だが、語気が強い。梨本は「仕方がないか」と無意識に独り言を言った。

「それなら、俺はもっとヤバいネタを掴んでるんですよ」と梨本が鼻を鳴らして語り出したのは、「賄賂事件」とのこと。以前、長閑が妻の入院費に困っていた若狭真守にお金を貸したことをどこから聞きつけたのか、それを「賄賂」もしくは「不正な金銭」として記事の一大スクープにする、と脅し出したのだ。

「金を貸した相手の名前も分かってます。勤め先も。実名を出すこともできるんですよ」

　若狭に貸したお金は、当然だが後ろ暗いこともないし、既に返金されている。世間に公にされても、何ら問題はないことだ。しかし梨本は更に付け加える。

「その相手に、前科があることも突き止めました。これはどうも怪しいですよね」

何が怪しいのか、満希には全く分からないが、ここで初めて長閑が表情を硬くした。

「私のことならともかく、患者さんの迷惑になるようなことを書かれては黙っていられません。あなたがそこまでされるなら、然るべき手段を取らせてもらいますよ」

「そうだよ、早く警察に電話しちゃおうよ」

「警察」という言葉が効いたのか、梨本は少し引いて、

「で、ですから、患者さんに迷惑を掛けないためにも、院長さんが取材を受けてくれればいいんですよ」と、おかしな理論を掲げた。

長閑はやや思案して、目を閉じ、小さく頷いた。

「分かりました。その取材、お受けします」


梨本の取材は、四ツ谷駅近くの貸し会議室で行われた。

五十人は収容できるであろうだだっ広い室内に、無機質な長方形のデスクと、硬質なイスが二つ置かれている。

イスの一つに長閑が座り、向かい合うように梨本が座っている。梨本の後ろには難しい顔をしている編集長とカメラマン、他五、六人ほどの梨本が「招待した」編集部の人間がいた。無理を言って付いて来た満希は長閑の後ろ、少し離れた所に座っている。

「本当に取材に行くんですか？」と最後まで心配していた蘭子は音楽院に残っている。一

応開院時間なので、患者は来なくとも予約の電話が掛かってくる場合がある。そのための留守番要員となった。

「飛んで火に入る夏の虫ですよ……」と蘭子は不安げに言った。長閑はいつものように笑う。日常であまり使わないような言葉を、真剣に言ったことがおかしかった。

「何を話すつもりなんです？」

「何をも何も、俺は本当のことしか話せないよ。心の中から曲が聞こえるなんてことは立証できないし、弁解する必要はないし。そしたら、ただ事実を話すしかないだろ」

「それで相手は納得してくれますかね……？」

「納得は難しいかもね。スクープになるような面白い取材にならなくて、がっかりするんじゃないかな」

長閑の後ろ姿を見ながら、音楽院での会話を思い出していた。

西日が差し込んで眩しい。満希は目を細める。

「へぇ、もっと祈祷師みたいな格好したおじさんが来るのかと思ったら、案外普通だ」

梨本側にいる、若い男が長閑を見て呟く。隣にいた中年の男性は噴き出して笑い、「おい、聞こえるぞ」とか「記事に目線入りだったけど、写真載ってただろ？」「俺興味ないから見てないし」とか、口々に談笑している。背の高い編集長だけが、腕を組んだままブスっとしていたけれど。

緊張感のある真面目な現場というよりは、どこか白けて、怠惰な雰囲気が漂っていた。

梨本側にいる人間は長閑をイロモノ扱いで、さほど興味もなさそうだ。どこか嘲りの表情がある。その中で、梨本だけが腕まくりでもしそうな張り切り具合を見せていた。

「では、取材を始めさせて頂きます」

卓上にある録音機のスイッチを入れる。

最初は「音楽院を開く経緯は？」「開院して何年目ですか？」「一日の平均来院数を教えてください」などの質問から始まる。長閑は穏やかに答える。梨本は一生懸命な様子で、長閑はにこやかなので、序盤は到って円滑な取材が行われた。しかし中盤から雰囲気は変わる。

「人の感情がメロディで聞こえるというのは、本当ですか？」

梨本の持つペンに、強い西日が落ちている。黒い影が真っ白なデスクに刻まれた。

梨本の質問に、背後にいた同僚たちは再び小さく嘲笑を漏らした。これは子供騙しのネタを真剣に追及している梨本への侮蔑だったが、事情を知らない満希は長閑への冷笑に感じ、カッと顔を赤くした。

「はい。本当です」

しかし長閑は、変わらずにこやかに答える。

「立証できますか？」

「難しいです」

「では、どうして心のメロディは聞こえるなどと、勘違いを？」

梨本の物言いに、更に胸がムカムカしてくる。「失礼な人！」と指差して非難したいのを、グッと堪える。

「勘違いではありません。事実です」

「どうしてそれが事実だと言えるのですか？」

「聞こえるからです。立証はできませんが、聞こえることは事実です。けれど私はそれを証明したいとは思いません」

梨本の後ろにいる同僚たちは、長閑も梨本の「仕込み」なのでは？　と思い始める。真顔で、「人の感情がメロディで聞こえる」と公言するなんて、普通ではない。嘲りの笑いから、「ヤラセかよ……」と呆れた声が漏れた。

それを敏感に感じ取った梨本は、焦っているようだ。自分が求めていた反応ではない。長閑が真に計算高い悪党で、その所業に義憤を感じ、糾弾する自分を正義の志士かの如く見てもらわなくては。

「し、しかし、あなたは偽りの売りを使って病院の知名度を上げようとしていたのでは？　これは場合によっては法に抵触するやり方ですよ」

「心のメロディが聞こえることは、基本的に患者さんにはお知らせしていません。申し上げる場合もありますが、それを売りにしているわけではありません」

「そうだよ。ホームページ見てみて。そんなこと一言も書いてないから！」

堪え切れず、満希も後ろから援護。

「確かに、サイトにはそういったことは一切書いてないっすね」

梨本の後輩はスマホで検索して、のどか音楽院のページに跳ぶ。

「で、ではマインドコントロールで患者から法外な医療費を請求しているのは……」

梨本が挽回しようと、自分が書いた記事から尾鰭が付いた、ますます嘘くさい話を持ち出す。

「マインドコントロールって……」

同僚たちは呆れたような顔をした。

「こ、これは嘘じゃない！　そこの女の子も……」と梨本は満希を指差す。「マインドコントロールをされて、この医者が救世主のように思いこまされてるんだ！」

ネットニュースの中に「女子高生、洗脳されて無償ご奉仕」などの見出しがあった。現実とかけ離れた猥雑な内容に、思い出すだけで腹立たしくなる。けど、抑えて。ここで感情を露わにすることは、音楽院にとって得になるか否かを、冷静に顧みる。

「私は洗脳なんかされてません。アルバイトの時給ももらってます」

「だ、だが、君も心のメロディが聞こえると信じてるんだろう？」

肯定してはいけない。晴美たちの反応で分かっている。本当は胸を張って「はい！」と言いたいところだが、この状況では敢えて自分を曲げるべきだ。

「信じていません」

「えっ」

梨本は目を剥いた。

「というか、私にとってはそんなこと、どうだっていいんです。先生に不思議な力があるかどうかなんて、興味ないんです。けど、先生は確かに悩んでいる患者さんたちを救って来た。悩みを解消する手助けをしてきた。その事実だけで充分」

視線が自分に集まる。大人ばかりが集まり、注視される経験はなかった。緊張で手に汗が滲んだ。けれど、ここで弱腰になってはいけない。より一層声を大きくして、心の底から叫ぶ。

「だからみなさんも、嘘か本当か確かめようのない事実を追及するんじゃなくて、先生が悩んでいる患者さんの力になったという真実を、信じてください」

誰かが息を飲んで、会議室は静まり返る。

渇いた西日が光沢のある床に落ちていた。

「その子の言う通りだ」

糸が張ったような空気を切り裂いたのは、編集長の低い一声だった。

「梨本、もうこのネタからは手を引け」

「へ、編集長!?」

「最初の記事はまぁ良かったが、その後ネットやSNSで取り上げられる度に真実味を失くしていった。人の感情が読めるだの、マインドコントロールだの、くだらん。うちはオカルト雑誌じゃないんだぞ」

梨本は慌てて録音機を切る。

「け、けれど……！」

「それと君も、営利目的で自分に不思議な力があるなどと公言するのは控えた方が良い。こういう痛い目を見ることになるぞ」

編集長は長閑を見もしないで、気怠そうに批判する。

「だから売りにしてないし、どうしてアンタにそんなこと言われなくちゃいけないのよ！」という思いを込めて立ち上がったが、その前に梨本がイスを後ろに倒さんばかりの勢いで編集長の元に駆け寄った。

「そんな、じゃあ俺の次の特集ページはどうしたら……」

「城之内の掴んだ特ネタを引っ張ろう。それでページは埋まるから問題はない」

梨本はスマホを操作している後輩を睨んだ。後輩は「へ？」って顔で余裕の態度だ。こいつにだけは、自分の紙面を譲りたくない。

「そんなことはできません！　こ、この」

梨本は必死になり、長閑を指した。

「インチキな医者を見逃すっていうんですか!?　世間に公にさせないでいいんですか!?　もしかしたら、もっと大きな事件を起こすかもしれませんよ!!」

梨本はやはり落ちこぼれ記者なのだな、と満希は思った。飢えた狼のようにネタを探していて、だから長閑のような一般市民を矢面に立たせるような記事を書いたのだ。梨本に対する不可思議なところが氷解していく。となると、梨本の悩みはそれだ。記者として良い業績を出していない。

　悩みが分かったところで、協力してあげる気なんか、さらさらないけどね、と心中で呟く。編集長も梨本も好き勝手なことを言っている。言われっぱなしじゃ黙ってられないと、息を吸い込み、叫ぶ、その前に、

「静かにしてくれ！」

　鋭い一喝を入れたのは、長閑だった。

　驚いて吸い込んだ自分の息で噎せる。長閑がこんなに大きな声を出したところを、初めて見た。

　梨本たちも、穏やかだった長閑の激しい一声に、一瞬呆気にとられる。

　怒鳴るだけではなく、更に長閑は敢然と席を立ち、編集長と梨本の方へと足を進めた。

　控える同僚たちも、遂に長閑の堪忍袋の緒が切れたのだと、ハラハラしながら動向を眺めた。

　長閑はいつになく険しい表情で、梨本のすぐ眼前に立つ。

「な、何だよっ、やるのか？」

　梨本は弱々しく強がって、拳を構える。長閑も、今にも拳を振り上げそうな剣幕であり、そうなってもおかしくないような状況だ。あれだけ一方的に罵倒されて、腹が立たない方がおかしい、と満希は思う。

一触即発か、と誰もが思った。

「ようやく聞こえた」

しかし、長閑は殴りかかる代わりに、

「あなたは結婚なさっていて、奥さんの浮気を疑ってるのではないですか？」

親身な瞳を梨本に向けた。

「えっ」

梨本は固まった。

「そ、そうなのか？　梨本」

「でも、先輩って新婚すよね？」

編集長も同僚も、驚いて問いかける。だが、梨本は口を開けたまま、二、三歩退いた。

幽霊にでも出くわしてしまったかのように、長閑を見ている。

そこへ突然、バタンと音を立てて会議室の扉が開いた。

「すみませーん!!」

入って来たのは、長閑を尋ねて度々音楽院へ訪れていた昼キャバクラ『エリーゼ』の「ももこ」だ。

「ちょっと、どういうことなの!?」

「ももこ」は叫ぶが、どういうことなのか知りたいのはこっちの方だ。

満希の頭の中は「?」でいっぱいになる。

「も、桃子ちゃん？」

すると長閑は「ももこ」の姿を見て、嬉しいような、悲しいような、複雑な表情をした。

「長閑先生！　やっと会えたぁ！」

「ももこ」は言下に、長閑に抱き付く。ここに蘭子がいなくて良かったと冷静に思いながら、訳が分からずに狼狽して、

「も、桃子！　やっぱりお前、浮気してたんだな!?」

梨本が悲鳴のように叫んだので、更にワケガワカラナイ……。

「や、やっぱり？」

「ということは、梨本はその医者の言う通り、奥さんの浮気を悩んでいたのか？」

同じく「？？？」の同僚たちも、取りあえず理解できた部分だけを口にするが、

「長閑先生、会いたかったぁ……！」

「ももこ」は長閑にがっしり抱き付きながら、涙交じりに言う。

「俺もずっと会いたかったよ」

長閑は「ももこ」に手こそ回していなかったが、肩を優しく抱き、二人の様子はまるで恋人同士の感動の再会のようだ。

「おい、離れろ!!」

そして顔を真っ赤にして怒鳴っている梨本は恋敵で、二人の仲を引き裂こうとしている三人目に見えた。

「この浮気者！」

「はぁ？　浮気なんかじゃないってばぁ」

桃子は梨本を睨む。

「長閑先生は、私の命の恩人なんだから！」

「命の恩人？」

ますます状況が複雑になって来る。誰と誰が知り合いで、どういう関係なの？

「と、とにかく、どういうことか、説明してもらおうか」

事態の収拾を付けるべく、編集長が口を挟んだ。

桃子は半年前に梨本と結婚した妻であり、そして、長閑が産科医時代に受け持った患者の一人であった。桃子はその時のお礼を言うべく長閑を探し、何度も会いに来てくれていた。それを「男の影がする」と勘繰った梨本が、浮気疑惑を抱いて悩んでいた、ということらしい。桃子がここを訪れたのは、再び音楽院を訪れ、蘭子に事情を聞き、自分の夫が恩人である長閑をネタに、根も葉もない噂を広めていると知ったからだ。それで、会議室に乗り込んで来たのだという。

「けど、どうして先輩が奥さんの浮気で悩んでると分かったんすか？」

後輩の城之内は長閑に問う。

「梨本さんの心の中から聞こえていた『巨人』の作曲者、グスタフ・マーラーは長年妻アルマの浮気に悩んでいたんです。そこから、今日も梨本さんのメロディをよく聞いていたら、そんな確信が持てて来て……」

だから長閑は険しい表情で、「静かにしてくれ」と口にしたのだ。梨本の心のメロディを深く聞くことで、悩みの糸口が掴めそうだったから。

満希は思わず笑ってしまった。長閑らしいと思った。人に馬鹿にされたり、非難されたりしても、自分のことより相手のことを考えていた。相手の悩みを知りたいと、少しでも力になりたいと、必死だったのだ。

「馬鹿じゃないの、新婚早々で浮気なんてするわけないじゃん」

「だ、だけど……」

「リストラされちゃっても大丈夫なように、私もまた仕事始めたわけだし。まぁ、キャバ嬢だけど」

「……俺が文藝夏冬の社員じゃなくなっても……いいのか？」

「正社員じゃなくなるってこと？　それでも良いし、記者に向いてないなら、別の仕事でも良いんじゃない？　仕事見つからなくても、その間は私が支えるよ。夫婦なんだから」

「そ、そっか……」

梨本の口元が緩んでくる。自分の価値が「大手出版社の記者」だけだと、どうして思い込んでいたのだろうか。

「俺……頑張るよ、お前のために……どんな仕事でも、頑張るよ……」

「変な人、なんで泣きそうなの？」

桃子は泣きぼくろを細めて、笑った。

「世の中には不思議なこともあるもんすねぇ」

感心するように呟いて、城之内はスマホで検索する。「あぁ、ダメっすね。ググっても、人の心が読める手品とかも出て来ませんよ」

「……面白おかしく書くようなことではないな。それに、読者は誰も信じんだろう」

編集長は低い声で言った。「だが真実だったのなら、正式に謝罪をしなければならない」と付け加え、長閑に会釈をしてその場を去った。城之内は「俺も仕事しんどくなったらお世話になるかもっす」と笑って編集長の後を付いて行った。

「……ご迷惑をお掛けしました」

梨本は決まりが悪そうに頭を下げて、編集長の後を追う。

「ごめんね、先生。主人のことはきつく叱っておくから」

桃子が言うと、長閑は安堵したように笑った。いつでもこんな風に笑えるような人になりたいと、満希は思う。

「とにかく悩みが解決できたみたいで良かったよ」

自分よりも他人のこと。それが基本になっている人の笑顔は、いつでも優しい。

——こうして、取材は終わった。

「先生が産科医の時の患者さんってことは……子供がいらっしゃるんですか？」

会議室を出て、四ツ谷の駅近くまで戻って来た時に、満希は不用意なことを聞いた。もちろん「不用意」だと気づいたのは、言葉にしてしまった後からだ。

桃子は「ううん、いないの」と哀しげに返して、長閑は時々見せる妙に大人びた翳りのある表情になった。

「赤ちゃん、産んであげられなかったんだ」

桃子は長閑を仰ぎ見て、

「靴下まで作ってくれてたのに、ごめんなさい」

「靴下って……毛糸の？」

「え？　そうだけど」

桃子は不思議そうに応える。満希の頭の中に、片方の靴下を祈るように握り締めていた長閑の後ろ姿が浮かんだ。

「……桃子ちゃん」

長閑はいつものように微笑んでいたけれど、居ても立ってもいられないような気持ちになった。先生、そんな空が落ちて来たみたいな顔をしないで。

「少し、話す時間あるかな？」

できることなら付いて行きたかったが、これ以上長閑と桃子の間に土足で踏み入るような不躾なことはできなかった。

「じゃ、じゃあ私は先に戻ってるね。友近さんも心配してるだろうし」

大きな交差点が青になると、満希は一人先に走った。白い息が靄になり、目の前を掠めて消えた。


「ここから見える夕焼けって絶景なんだよ」

長閑と桃子は真田堀へと足を運んだ。

遠い西の空はオレンジ色に染まり、地上のグラウンドでは野球部の練習試合が行われているようだ。「レフトー行ったぞー」なんて、橙色の空に沁み込むように声が聞こえる。

「……私、会いに来ない方が良かったかな」

桃子は困ったように笑っている。

「長閑先生、何だかつらそうなんだもん。嫌な事、思い出させちゃった？」

長閑は一瞬言葉を失って、

「いや……そんなことはないよ、ただ」

「ただ？」

「ずっと謝りたかったんだ」

「私の赤ちゃん、助けられなかったから？」

「うん」

桃子は真田堀の土手にある木製の欄干に肘を突いて、遠くに見える迎賓館を眺めた。

言葉を探している。最適なセリフが見つかる前に、長閑が口を開いた。

「助けられなかった、じゃない。殺してしまったも同然だよ」

「そんなこと」

桃子は反射的に言って、「た、確かにあの時は、どうして助けてくれなかったのって言ったけど……でも、本当に先生の所為だと思ってるわけじゃないよ」

「直前の検診で早剥《そうはく》だと気づけなかったのは、明らかに俺の過失だよ」

早剥は、常位胎盤早期剥離という妊婦の病気だ。胎児が子宮内にいる間に胎盤が剥がれ落ちてしまい、胎盤によって酸素や栄養分を摂取している胎児はもちろんのこと、出血多量のショックなどで、母体にも重篤な被害をもたらす。

「先生が病院を辞めてから……色々調べたけど、私の病気は自覚症状が殆どないものだって知ったよ。だから、先生が気付けなくても仕方がなかったんだよ……」

「自覚症状がないからこそ、俺が注意してなければいけなかったんだ」

長閑が少し語気を強めた。もう向こうの空は暗くなってしまっている。

「ううん、あの時、あたし若かったし、父親もいないし、バカだったからさ、妊娠中なのにタバコ吸ってたりしたし、それも原因の一つだったんでしょ」

桃子が長閑の産科に訪れたのは、十八歳。当初は堕胎手術を受けに診察にやって来ていた。

「父親も分かんない。親も知らんぷりで、手術代もなくて、……怖くて、どうしようもなくて、困ってた時に、先生がいてくれて本当に良かったと思ってるんだよ」

桃子は自分の気持ちを正確に伝えられる言葉を探すが、うまく見つからない。たどたどしく、思いを連ねるように言った。

「子供を堕ろすことを止めてくれたことも、産むって決めた時に、一緒に喜んでくれたことも、本当に嬉しかった」

「でも、結局は……胎児を見殺しにしてしまった」

「それもしょうがなかったんでしょ。早く判断しないと、母体の……私の命も危うくなるからって……だから……」

桃子はハッと気づいた。最適な言葉が見つかった気がした。

「運命だったんだよ。その子は、生まれてこれない、運命だった」

「運命」だ。その言葉で片付けるのが一番良い。世の中には今日この瞬間にも命を落としている人がいるのだ。それを思えば、生まれる前の命が亡くなることは、「死」ではない「運命」なのだと。

長閑は、押し黙った。逆光で桃子からは顔が見えない。けれど、驚いているようだった。

「……心のメロディが聞こえるようになったのは、その時なんだ」

唐突に、長閑は言った。底冷えのするような暗い口調だった。

その時、桃子の子供が流れた時。

あの手術室の、あの手術台の上。

桃子を救うために、胎児を「犠牲にする」ことを選択した瞬間だった。

聞こえるはずのない音楽が、突然、耳の中に水を叩き入れられたように聞こえた。

「……どんな曲？」

語尾が震えた。桃子は見えない長閑の横顔を見つめて問う。

「地獄で奏でられている協奏曲みたいな、曲」

悲鳴でも慟哭でもない。言葉にならない絶叫のようなメロディだった。足の爪先から震えあがるような、頭の上から氷水をかけられたような、そんなメロディ。

「あんな恐ろしい曲、未だかつて聞いたことはない」

それが、人の心の中から聞こえていると気づいたのは、手術が終わった後、桃子の病室を訪れた時だった。病室に入った途端、悲しげな音楽が聞こえてきた。一瞬、院内放送の不備で、スピーカーからメロディが流れ出てるのかと思った。しかし、看護師を見ても、桃子を見ても、誰もその曲に関して触れない。長閑は自分の頭がおかしくなったのだと思った。けれど次第に、それが人の感情とか、考え方を表しているのだと気づく。

「病院は……メロディに溢れてた」

人が生まれる瞬間の、歓喜に満ちたメロディ。

長い入院生活を終え、退院していく人の安堵に満ちたメロディ。

年老いて、亡くなる人のメロディ。

若くして、亡くなる人のメロディ。

「人が亡くなる時のメロディは、本当にさまざまだった」

一生分の幸せを集めたようなメロディが聞こえる時もあれば、物寂しいメロディの時もある。穏やかで落ち着いている曲調、楽し気な曲調、激情的なものも、胸を切り裂くような絶望的なものもある。

当時の長閑は、今ほど音楽に詳しくはなかったから、曲名までは分からない。けれど、どの人の曲も、しっかりとした「一曲」だった。

「この世に生まれて、少しでも生を実感した人の、亡くなる時のメロディは必ず『曲』なんだ。その人が歩んできた人生を辿れるものになってる。けど、生まれてこられなかった命のメロディは違う。曲じゃない、曲になるような感情も思い出もない。ただ、生まれてこれなかった嘆きを奏でて消えていく」

桃子は横目で長閑を見る。長閑は少しだけ微笑んでいた。

「どんな死よりも、生まれてこられなかった命の死が、一番虚しい」

だから、運命という言葉では片付けたくない。自分を簡単に許したくない。

「こんな力を授けられたのにはきっと意味がある。それを模索し続けて、少しでも誰かの役に立ちたい……それが償いになると思うから」

心の整理がついていくように感じた。必要性を訴えられても、恐怖心が消えても、戻ってはいけない。医療の現場に戻り、人の亡くなっていくメロディを平然と聞き流して生きていくのは、「命」からも「死」からも逃げているような気がする。

「今日は桃子ちゃんに会えて良かったよ」

「私の方こそ……」桃子は少し俯いて、「先生に会いたかったのはね、お知らせしたかったからなんだ」お腹を撫でた。

「赤ちゃん、できたの」

「えっ」長閑の表情はパッと明るくなる。「おめでとう！　何カ月？」

「今二十一週目」

「そっか、じゃあもう安定期に入ってるね」

長閑は桃子のお腹を触ろうとして、気が付いて止める。もう産科医ではない。

「先生がね」

桃子はキラキラした目で長閑を見つめる。長閑はその瞳がとてつもなく美しいものに見えた。

「先生が私のことを助けてくれたから、今この命があるんだよね。だから、先生には二倍感謝してるんだよ。一度失くしてもね、また新しい何かって培えるものだと思うんだ」

桃子の言わんとしていることは分かった。自分を元気づけようとしてくれている気持ちも伝わった。それなら、と長閑は思う。未来へ希望を繋いでいくのが母親の役目なら、自分は一瞬の輝きも知らぬままに消えていった命を想い続けること、過去を弔い続けることが役目なんだ。

「……うん、そうだね」

真田堀で眺める景色がどうにも好きな理由が分かった。ここは過去を感じられる。新しい未来よりも、粛々と流れる過去が色濃く感じられる景色が、自分にはやっぱり合っているのだ……。

「また会いに来て良い？　赤ちゃん見せたいから」

「もちろん」

桃子とは真田堀で別れた。桃子は四ツ谷駅へと向かい、長閑は紀尾井町の音楽院へ戻る。

「ナイピッチー！」と土手下のグラウンドで野球部の声が響いた。あそこには未来があることを、長閑は見て見ぬふりをして、たそがれの空の下を歩いて帰った。


満希が音楽院に戻ると、蘭子は書斎にいた。無造作に床に置かれていたCDや雑誌がなくなり、堆《うずたか》く溜まっていたホコリを掃除機で吸っている。

「安心しました」

取材の顛末を話すと、蘭子は掃除機を止める。

「また一から患者さんを集めて行けば、大丈夫だよね？」

不安げに言うと、蘭子は「もちろんです。先生を慕ってくださる方はきっといますから」と自慢げに応えた。

いつも機械みたいな蘭子が、長閑の話になると血の通った人間になる。「これが恋の力か」と妙な納得をする。

「年内に書斎の整理も終わったね」

「そうですね」

再び掃除機を掛け出した。音がうるさくて、この雑音の中なら思い切って聞けるような気がして、けれど、満希は小さな声で言った。

「先生が好きな理由、もっと詳しく教えてよ」

黙殺されるかと思ったけれど、蘭子は掃除機を止めて、満希を振り返る。少し微笑んで、再び掃除機をかけ始めた。

「死にたくなった時がありまして」

このまま流されるかと思いきや、唐突に口の端に乗せる。

あまりにも軽い切り出し方に、一瞬、言われたことを理解できない。

「そんな時に、長閑先生に言われたんです」

蘭子は慈しむように、過去を思い出した。病院で、すれ違い様、長閑は「いつもベートーヴェンなんだね」と苦笑していた。強すぎない、どこか物寂し気な秋の空みたいな笑顔だった。自分の心のメロディを教えてくれたのは、後にも先にもあれが最後。

「死にたいだなんて言うなよ。世の中にはさ、何が自分の喜びで、何が自分の幸せで、何が自分の輝きだったか、そんなことも分からないまま消えていかなくちゃいけない命もあったんだ。だから、生まれて来て一瞬でも幸せだと思えたら、それでいいじゃないかって」

思い出す度に胸が熱くなる。一言一句覚えている。徐々に薄暗くなる視界に差し込む、一筋の光だった。

「って、満希さん、聞こえましたか？」

蘭子が掃除機を止めると、満希は「よく聞こえなかった」と返した。

「ただいま」

入口の方から長閑の声がして、蘭子はすぐさま掃除機を置いて出迎えに行く。

本当は聞こえていた。満希は綺麗に片付いた書斎を見渡して、息を吐き、一枚のＣＤを手に取った。

BONUS TRACK

「クリスマスパーティーしようよ」と満希が言い出したのは、十二月十五日。

梨本の書いた記事の所為で、来院数が激減した音楽院を救出する、渾身の策だった。

「十二月二十四日と、二十五日に来院してくれた方にお菓子のプレゼントをするの。それで一度は遠のいてた患者さんをもう一度呼び込めないかな？」

満希は残りの少ない時間で、ホームページでの告知や、以前来院してくれた患者さんたちにDMを送った。それが功を成し、二十四日と二十五日に、学校や会社帰りの患者さんたちが多く訪れてくれた。

「大変だったね、変な噂を立てられて」

その中には、サックスを背負った美菜の姿もあった。

「ところで満希ちゃん、受験勉強してる？　上智に入りたいんでしょ？」

「ううん」

賑わう待合室で、お菓子の入った靴を美菜に手渡しながら、満希は首を振る。

「やっぱり、医学部に行こうと思ってるんです」

「医学部」

お菓子を受け取り、美菜は少し驚いたようだが、笑ったりはしなかった。

「そう、がんばってね」

美菜と入れ替わるように入って来たのは、祥子だ。相変わらずヒールの音をカツカツ鳴らして、どこか忙しない様子で入って来る。

「長閑先生は？」

「診察中です」

「あら、そう」

祥子は満希に一枚の紙を渡した。そこにはどこかの住所と中山祥子と書かれている。

「これ……」

「今度DMを送って頂ける時はこの住所の、この名前で」

「もしかして祥子さん」

「えぇ」

祥子は少しだけはにかんだ。

「結婚したんです」

「おめでとうございます！」

「これで長い婚活ともお別れできました。私、絶対三十五歳までに子供がほしかったから」

祥子は腕時計を見て、「いけない、会議の時間が」と踵を返す。満希は急いでお菓子の入った靴を手渡した。

「ご無沙汰してます」

次に、恐縮した様子で入って来たのは若狭だ。隣には若い綺麗な女性を連れている。

「妻です」

「初めまして」

満希はニコニコしながら、お菓子のプレゼントを渡す。

「長閑先生は？」

「診察中なんです」

「良かった。一時、ここの悪い噂が立ちましたよね？　よくもあんなデマを流せるなって思って心配してたんですよ。でも、問題なさそうで安心しました」

「ありがとうございます」

「長閑先生によろしくお伝えください。本当に、感謝してます」

「分かりました」

若狭と妻は深々と頭を下げて、音楽院を去って行く。

何だか清々しい気持ちになって来た。

「満希ちゃん」

暫くして入って来たのはトメだ。背中を丸めて、寒そうに扉を開ける。

「長閑先生は？」

「診察中です」

このやりとり、三回目。と思いながらも、にっこり笑って返す。

「そうなの、一言ご挨拶をして今年を終わらせたかったのに」

「徳治さんは……？」

「外で待ってるのよ。二人揃って挨拶なんて仰々しいって。何を恥ずかしがってるんですかねぇ。けど、あれからあの人も快眠みたい。本当にありがとうね、満希ちゃん」

「いえいえ、私じゃなくて、長閑先生のおかげですから」

二人分のお菓子をプレゼントしようとしたが「一つでいいわ、十分よ」とトメが言うので、一つだけ渡した。「それじゃあね」とトメが扉を開けた隙間から、徳治のしかめっ面が見えて、少しだけ笑った。

「おつかれさま、満希」

二十五日の夕方頃、部活終わりにやって来たのは晴美と維と田中だった。

「アルバイトも板について来たね」

「満希ちゃん、来年もよろしくね」

「おい満希、長閑先生によろしく言っといてくれよ。蘭子さんにも」

「何で命令口調なのよ」

晴美と維にはお菓子の靴を一つずつ、田中には自分のカバンからリボンの掛かった正方形の箱を出す。「何これ？」という顔で見るから、「バカ、恋人なんだからプレゼントくらい用意してるでしょ」と怒った。田中はどこか恥ずかしそうで、「今日の夜空いてる？」

とはにかむ。

「バイトは八時までだから、その後で良いなら」

「もちろん」

晴美と維と田中は音楽院を後にする。

ひっきりなしに訪れていた客足がなくなって、満希は待合室のソファに座った。

「もう今年も終わりか」

色々なことがあった。長閑に出会えて、アルバイトを始めて、将来の夢も決まって……。

目を閉じると、過ぎ去った過去が煌びやかに輝いて頭に浮かんだ。

「ごめんください、予約はしてないんですけど……」

扉が開いて、見知らぬ若い女性が入って来る。すぐに立ち上がって、女性を出迎えた。

「こんにちは！　問診票を書いてお待ちください！」


アルバイトが終わり、満希は田中とのデートで迎賓館前の公園に行った。クリスマス仕様のイルミネーションが施されていて、とても綺麗で、田中からはネックレスをもらった。

「お、雪だ」

「本当だ」

空から綿飴みたいな雪が降って来る。田中が「寒くない？」とさりげなく肩に手を回して来たから、「大丈夫」とその腰に抱き付いた。

「あれ、帰ったんじゃないの？」

夜の十時過ぎ。満希が音楽院に戻ると、長閑は書斎で編み物をしていた。どうやら小さな靴下を編んでいるようだ。多分、桃子の赤ちゃんのために編んでいるんじゃないかな。

「灯りが点いてたから……」

「外、雪が降って来たね」

明り取りの窓から、淡雪がちらほら見える。

「ホワイトクリスマス。オシャレだね。友近さんもいれば良かったのに」

「友近とはつい二十分くらい前まで一緒にいたよ」

「へぇ」

それなら良かった。何か進展があったのかは、後で蘭子に聞こう。

「今日はおつかれさま。満希ちゃんのおかげで、色んな人に来てもらえたよ」

「先生こそ、急に患者さんが増えて疲れたんじゃないですか？」

「忙しい方がありがたいよ」

長閑は編み物を書斎の抽斗にしまい、代わりに自分のスマホを取り出した。

「久留麻からのメールも来てたよ」

久留麻は病院へ出勤する際に、音楽院の前を通ったらしい。「偶然通りがかっただけとか言ってるけど、そんなはずないよね」と長閑はメールを開く。

「これだけ繁盛してちゃ、簡単に店じまいできないなって」

「店じまいって……」

商店じゃないんだから、と満希が口を尖らすと長閑は笑った。

「もう遅いし、帰った方が良いんじゃない？　駅まで送って行くよ」

長閑が席を立ちかけたので、満希は慌てて止めた。

「違うの。先生に用があって来たの」

満希は書斎を見回し、『洋楽』の『ゴスペル』から一枚のCDを取り出す。

「私から先生に、一曲クリスマスプレゼント」

「え？」

CDには『OH　HAPPY　DAY』と書かれている。「天使にラブソングを2」の劇中でも使用されている曲で、ゴスペルの中では有名な一曲だ。もちろん長閑も、この曲を聴いたことがある。

「この歌詞の中にね」

ずっと考えていた。長閑に処方したい「一曲」を。

「神様が罪を洗い流してくれたって所があるの、だからね、先生、もう苦しまないで」

長閑はCDを受け取りながら、満希を見つめる。

「……罪を償い続けることは大切だよ？　それは消えるものじゃないと思うし。けど、だからって、ずっと苦しみ続けることじゃないと思うんだよね。だって先生は」

訪れてくれた患者さんたちの顔を思い出した。みんな幸せそうだったよ。笑顔にしたのは先生なんだよって、大声で叫びたかった。

「もう、色んな人の力になってるんだもん」

言葉よりも、メロディの方がきっと伝わる。だから満希は長閑に一曲をプレゼントした。

言葉じゃ、自分の想いなんて何十分の一も伝わらないよ。

しんしんと雪が降っている。

「ありがとう」

長閑は笑っていた。もうすぐ訪れる、春の、海みたいな笑顔だった。

「今日の予約は十件です」

「分かった。とりあえず、炭酸買って来て」

「はい！」

その後、のどか音楽院に関する記事は全て撤回すると「週刊ＡＳＳ」で謝罪文が掲載された。以後、音楽院の根も葉もない風評は収まり、元の忙しい毎日に戻っている。

「それでは、一曲処方します」

本作は書き下ろしです。
本作品はフィクションです。実際の人物や団体、地域とは一切関係ありません。

―参考文献―

・飯尾洋一／『クラシックBOOK』／三笠書房

・高野麻衣／『乙女のクラシック』／新人物往来社

・後藤雅洋（編著）／『さわりで覚える　ジャズの名曲25選』／中経出版

・楽書ブックス編集部（編）／『さわりで覚える　クラシックの名曲50選 No.2』／中経出版

・宇野功芳、中野雄、福島章恭／『クラシックCDの名盤　大作曲家編』／文藝春秋

・中山康樹／『100年を100枚で辿る　ジャズの歴史』／講談社

・山室紘一『世界のポピュラー音楽史』／ヤマハミュージックメディア

・上田信道／『謎とき名作童謡の誕生』／平凡社

・富澤一誠／『あの素晴しい曲をもう一度』／新潮社

・大塚野百合『賛美歌・唱歌とゴスペル』／創元社

TO文庫
手紙の秘密を知った時
もう一度、読み返したくなる
二宮敦人
「！（ビックリマーク）」
×
鉄雄
「櫻子さんの足元には死体が埋まっている」
大人気お仕事ミステリー！
郵便配達人
花木瞳子《はなきとうこ》が仰ぎ見る

笑えて元気に
なるのにこんなに
涙があふれる
なんて！
書き下ろし最新刊
婚《こん》活《かつ》刑事《デカ》
花田米子に激震
安道やすみち
Ando yasumichi
TO文庫
惚れた男は
全員犯人！
冤罪事件へ挑む婚活ミステリー長編！

情報系女子
またたびさんの
事件ログ
日野イズム
Ms.MATATABI's Case Log
ISM HINO
読むといいよー
理《リ》系《ケ》女《ジ》子《ヨ》
ミステリー
天才的な研究者がキャンパスの謎を解く！
論理か感情か!?
あなたのココロが試される！
ISBN978-4-86472-333-6
TO文庫

神様刑事
Kamisama Deka
警視庁犯罪被害者ケア係
神野現人の横暴
関口暁人
Akihito Sekiguchi
読まないと罰が当たるぞ!
最強の傲慢刑事が魅せる
奇跡のドラマチック・ミステリー!!
予測不能なドンデン返しに
痛快&感涙
TO文庫

TO文庫

一曲処方します。
～長閑春彦の謎解きカルテ～

2015年5月1日　第1刷発行

著　者　沢木 褄
発行者　東浦一人
発行所　TOブックス
〒150-0011 東京都渋谷区東1-32-12
渋谷プロパティータワー13階
電話03-6427-9625(編集)
0120-933-772(営業フリーダイヤル)
FAX03-6427-9623
ホームページ　http://www.tobooks.jp
メール　info@tobooks.jp

フォーマットデザイン　金澤浩二
本文データ製作　TOブックスデザイン室
印刷・製本　中央精版印刷株式会社

Printed in Japan　ISBN978-4-86472-377-0